安玛

黄玲 著

北京出版集团
北京十月文艺出版社

目　录

下篇：风中乌城

尾声：乌峰

上篇：也萨乐园

也萨，是彝族人的地名。

在彝语中，“萨”的含义是妹妹。至于“也”的含义，则让安玛费尽心思，一直不得要领。她只能望文生义地认为，也许“也”是“彝”之音的误读。那么连起来说，这个地方的名称就应该叫作“彝家小妹妹”。这么一个古怪的地名，不能不令初次听到的人哑然失笑。

不过一想到先民们留下来的那些优美动人的诗篇，想起他们血管中流淌着的那一份浪漫情怀，这样的地名也未尝不是一种独特创造。也许，这个地名就源自一段浪漫的爱情，或者隐藏了一个忧伤的故事。

“彝家小妹妹”，多么独特的创造！只有热爱火把的民族，才能以这么抒情的语言来为一块土地命名。

安玛在心里固执地认为，也萨一定是一块母性的土地。

在她生命的历程中，也萨和它托载着的那些鲜活的生命，曾经宿命般地与安玛相遇，在一个简陋的舞台上，热热闹闹地上演了人生的悲喜剧。

安玛和神秘图案

安玛独自走在空空荡荡的长街上，在母亲将大妹妹送到外地的外婆家，还没有来得及为她生下小妹妹之前的这个空当里，安玛有足够的时间。

学校停课，商店关门，空荡荡的镇子上弥漫着一股沉闷而又凝重的空气。

纸屑在微风中轻轻飞扬，大人们不知道上哪去了。安玛用精赤的脚掌丈量着长街，她的脚下有一队蚂蚁，忙碌地搬运着人们偶然掉下的玉米粒，也许是要把它们储存起来，为过冬做好准备。

安玛所在的地方，准确地说，只有在赶场的日子才能被叫作街。

那是多么令人怀念的热闹的日子啊！小贩们头一天就从城里背来了花花绿绿的商品，在小镇中间的空地上安营扎寨。两排支着塑料顶棚的摊点，一夜之间就变成一条漂亮的长街，小镇变得鲜活起来。

安玛喜欢那种过节一样的气氛。尤其是摊点上那些平时不容易见到的小玩意儿，看得人心痒痒。小塑料梳子，别头发的小卡子，扎头发的橡皮筋，还有五彩的十字线。只要摊贩们开始摆摊，安玛一定是第一个光顾的看客。在赶场的人们到来前的空闲时间里，小贩们脸上挂着宽松的笑意，任那个小女孩在摊子前面转悠，把商品都看到眼睛里去。一个人逛一条长长的街，是多么奢侈的事情啊！

安玛有些得意地回望身后这条被小摊贩用商品装点的街，像一个女王回望她的财宝。有摊贩逗她："你光看不买？东西都让你看旧了，要付钱的。"安玛回他说："看旧就看旧，就是不给你钱！"小贩举起手吓她："瞧！同志家的姑娘，就是胆子大呀！"

安玛的母亲在小镇的供销社工作，在小镇人眼里她自然就成了"同志家的姑娘"。

赶场那一日的清晨，安玛刚吃过早饭，山民们就从环绕小镇的四面山上出现了。他们沿着弯弯曲曲的小道向长街走来，远远望去，就像些从山的褶缝里钻出来的蚂蚁，牵成长长的线，带着不可抑止的热望。

安玛很想知道他们背上的箩筐里面装着些什么好玩的东西。她踮起脚尖往里面张望，一个声音响起："姑娘，他们背来的是大山的声音和香味。"一个缠着大包头，含着短竹烟袋的老人这么告诉安玛。

老人坐在一只竹篾大花箩上，面孔隐藏在一片淡蓝色的烟雾里。他面前并没有等待出售的物品。他有些神秘地对安玛说："我只出售大山的声音，它们全部藏在我的花箩里，小姑娘你是看不见的！"安玛凑近老人的花箩，阳光令她头晕目眩，老人脸上古怪的笑容也让她感到有些害怕。她转身飞快地朝人群中奔逃而去。老人在后面发出愉快的笑声。

那些缠黑包头，裤脚大得像帆一样的山里汉子，把五天一次的赶场当作过节。他们蹲在街边，用一只粗陶花碗传递着火一样的烈性苞谷酒，一张张脸被酒烧出粗犷的红色。他们手中抓着一把葵花籽，喝一口酒就往嘴里扔几粒，然后把瓜子壳吐出老远。他们身上的羊毛披毡让他们看起来像一只只黑头白身的羊。

安玛喜欢看他们喝酒，更喜欢听他们唱歌。

一个喝醉酒的汉子，拖长了声音唱：

> 我的幺表妹呀，表哥在等你。
> 你是柔媚的月亮，黄昏从东方升起，
> 夜晚来到我身旁。
> 我的幺表妹呀，你一定会来的！
> 弯弯小河长流水，那是表妹的伤心泪。
> 我的幺表妹呀，你一定会来的！
> 我和我的幺表妹，生生死死不分离！
> …………

他是用彝语唱的，周围人根本听不懂，只知道这是一首伤心的歌。另一个喝酒的男人用汉语小声地一句句翻译出来，让安玛听了个仔细。安玛听得呆了，咬着指头，那是她听过的最忧伤最美丽的歌。她的心里也变得忧伤起来，有想落泪的感觉。

认识安玛的汉子见她过来，拽住她细瘦的胳膊说："同志家的姑娘，你也来喝一口？"说着笑着，就把酒灌进她嘴里。安玛拼命地咳嗽，火苗蛇一样地在她腹内奔涌。片刻，她的脚步零乱起来，脸上现出两朵红晕，街上的人歪歪倒倒地扑入她的视野。喝酒的汉子望着她笑，安玛也傻傻地跟着笑。

安玛头一回领略到酒的神奇，像中了魔法。快乐从脚底涌上来，托着她轻快的步子。她竟然有了张开双臂起舞的冲动。

多年后，在不得不应酬的场合，遇上那不怀好意想把安玛灌醉的人，她总是神清气定，笑容沉静地说："干脆咱们把杯子换成小碗，尽兴地喝上一回好不好？我就舍命陪君子了！"在她无所畏惧的豪爽面前，对方只有讪讪笑着，退避三舍。她多么怀念也萨小镇上那些质朴的山里汉子，怀念他们喝酒唱歌的样子。

热闹和繁华消隐之后，长街只剩下一条布满砂石的河床，显露出些许狰狞的痕迹。安玛从小镇上的老人口中不甚明了地听说过一些关于洪水的传说，那是令也萨人谈之色变的记忆。安玛从老人的表情中推想，洪峰曾经怎样汹涌地席卷过小镇，房屋坍塌，树木冲毁，绝望的呼号久久飘荡不去。据说，如今这干涸的河床上不时还会显现出人的形状，都是当年的人在绝望中挣扎留下的痕迹。每年七月半的鬼节，镇上的人都会到街边烧纸钱。

"母猪"走进安玛视野时，安玛正陷入沉思。

母猪有着臃肿的体态和一对眨个不停的小眼睛。他总是不停地吮吸着自己的大拇指，他的拇指因此呈现一种病态的苍白。母猪眨巴着眼睛顺着安玛的视线望过去，不解地问："安玛，什么东西那么好看？我妈说山上的树林里藏着长翅膀的妖精，夜里会飞出来迷惑人。昨天半夜我起来撒尿，还听见山上有嘎嘎的怪叫声呢！"

安玛噘起嘴，张开手臂扇动着说：“妖精是不是这样飞，像鸟一样地飞？”

母猪捂住脸从指缝间窥视着安玛：“你不要吓我，我最怕妖精了。我把我的长命锁借给你玩，好不好？”

“母猪”这名字一听就是随意起的，小镇上有好几个孩子的名字都这么随意。但是大人说，起个贱名，娃娃才好养活。当然还得配一把长命锁，才能锁住平安和富贵。亮锃锃的长命锁缠在母猪的脖子上，闪烁着青幽幽的光。安玛伸手拽了拽，撇撇嘴说：“我才不稀罕玩你的长命锁！我就要做妖精，夜里飞到你家屋顶上去，飞到小河边去！”那一刻安玛真的觉得如果能张开翅膀在天空飞翔，一定是一件十分美妙的事。

说着她又张开双臂，在空无人迹的长街上来来回回地“飞”了几次。

阿莉和大萍手拉手远远地走过来，她们是安玛的玩伴。她们来叫安玛一起去“过姨妈家家”。这是女孩子间的游戏，每一次都会有些不同的发明创造。

她们从路边捡来大大小小的石头，很快圈出了一间“屋子”，再砌一个“灶台”，拾来瓦片做锅碗，用野菜当粮食。家庭的气氛悄悄弥漫开来。母猪站在一边，歪着头兴致盎然地看着她们。

安玛拍拍手上的泥，直起腰长长地喘了口气，倚在一道低矮的土坎上。大萍被阿莉用花手绢蒙上脸，牵引着走进了“洞房”。大萍娟秀的瓜子脸上有几分羞涩，坐在用石头围成的洞房里等待着她的“新郎”。母猪被阿莉拉着送到大萍旁边。阿莉什么都懂，她的母亲是远近闻名的神婆，会在人家婚丧嫁娶的场合拍着巴掌唱些奇怪的歌，悠扬的曲子让人听了想哭又想笑。阿莉现在也像神婆一样，拍着巴掌在母猪和大萍周围摇摇摆摆地唱了起来：

摇摇摆，摆摆摇，
一对新人进洞房。
今天喝了交杯酒，
明年抱个小儿郎。
…………

安玛忍不住想笑，阿莉的样子像只喝醉酒的猫：“阿莉，你唱的是什么？”

阿莉说：“我也不知道，我妈就是这么唱的。好听就是了。”

“现在他们该做什么了？”

阿莉想了想：“他们应该睡觉了。”

“睡觉以后呢？”

“吃饭、睡觉，然后他们就要生娃娃了。”

“娃娃长大了，再后来呢？”

阿莉有些不耐烦：“你的话真多！再后来他们就老了，就要拄着拐杖走路。我知道你还要问什么，然后、然后就死了呗。”

大萍一巴掌推开母猪，喘着气说：“我不喜欢他，他差点把鼻涕抹到我脸上，脏死了！”母猪若无其事地扭过头去。

大萍起身，一脸惊诧地指着安玛背后："你们快看，那是什么?"

安玛身后的土坎上竟是一幅怪异的图像。是女人的身体，依稀能分辨出飞扬的头发，明显的身体曲线，仿佛侧身立在壁上，两只手伸向前方。安玛她们常在这里玩耍，可从来没有见过这样的图像啊！大家惶惑不安地瞪大了眼。母猪突然笑嘻嘻地指着图像："你们看这个女人，她有奶子，好大的奶子啊!"

大萍一声尖叫："妈呀，是死人的印记，她会把我们的魂勾去的，快跑!"

阿莉和大萍飞快地消失在长街那头。瓦片和石头散落一地，像经历了一场劫难后的废墟。母猪迟疑地后退说："安玛你不怕吗？我要走了，我不等你了。"

安玛恍惚中听见一声啜泣。这个瞬间，安玛确信面前的图像是一种特殊的象征，是一扇遮掩的门扉。安玛并不觉得害怕，她推了推土坎，什么都没有。但是那个女人的身影更加清晰起来，面部出现嘴的轮廓，一开一合。安玛觉得神思恍惚。

最后一刻，安玛终于冲出那迷障，飞快地逃跑。很多年后，安玛还在为这次逃跑感到后悔，她觉得自己遇到了一个千载难逢的机会，她却让它无端溜走了。

安玛精赤的脚丫如兔子一样矫捷，把神秘和恐惧远远地抛在身后。她奋力奔逃出黑网，扑入一片温暖的红光。那是阿莉的母亲为她展开的一块驱鬼避邪的红布，从轻烟缭绕的神案上飘浮而下，在安玛的头顶来来回回地舞动。三婆的眼半睁半闭，眉眼间睡态犹存，她念念有词：

东边来的东边去，
西边来的西边去。
天皇皇地皇皇，
菩萨保佑小儿郎。

三婆身上有一股香火和猪食混杂的怪味，温暖的气息熏得安玛昏昏欲睡。最后三婆长长地打了个哈欠，把一张画了符咒的红纸仔细叠成方块，塞进安玛口袋里，摸着她的头说："没事了，以后别再到那种孤魂野鬼藏身的地方玩，小娃娃魂牌子低，冲撞着了很麻烦的！"

安玛走出老远之后再回头，阿莉家的大门已经关上了。

安玛忘记问三婆，魂牌子是什么东西。她歪着头想，无师自通地认为魂牌子是云一样松软的烟雾，浮在每个人头顶，庇护着平安，烟雾散了，人就死了。三婆居然懂得那么多事，能看见常人看不见的东西！安玛认定自己头顶那团烟雾是紫色的，像雨后的阳光折射出的彩虹一样。

黑色的梦

很多个漫长的黄昏，安玛和阿莉、大萍就像一朵花上的花瓣，形影相随。游荡得累了，她们就来到供销社的食馆门口，踩脚碓玩。食馆不临街，在供销社后面的院里，是小镇唯一可以满足人们食欲的地方。这里的油条七分钱一根，豆腐一角二分一斤，回锅肉四角一盘。赶场天还有人支起大木桶，用布口袋在里面洗木瓜凉粉卖，五分一大碗，三分一小碗。

脚碓支在食馆窗外，碓窝埋在地下，用脚踩动长长的、铁皮包裹的碓棒，一下下砸向深凹的碓窝，发出响声。大人平时用木板盖着碓窝，防止灰尘落进去。黄昏时分，大人困了倦了，就没有人来管碓窝的事，让安玛她们钻了空子。人们从旁边走过，露出古怪的笑意，斜斜地瞟一眼碓窝，说这几个鬼姑娘疯了，踩碓干什么！安玛她们不说话，只是笑，把碓踩得嘭嘭响。她们不知道自己脚下的工具会让旁边走过的大人生出微妙的联想，属于孩子们的娱乐太少，她们只是单纯喜欢那种空洞的嘭嘭声。

小镇上流传着许多关于碓的好笑和不好笑的说法。安玛听了似懂非懂，仍不明白大人们为什么要怪异地笑。

据说有个窃贼到一个女人家中行窃，看见那女人正在踩碓，婴儿坐在地上哭泣。贼假装帮她打扫碓窝，乘机将她的孩子放进去。女人束手无策，眼睁睁地看着贼把东西偷走。女人如果放下碓去追贼，碓棒就会落下来砸着孩子。女人如果不去追贼，就只有看着贼无所顾忌地拿走家里的东西。这个故事刻毒地将女人置于两难境地之中，故事中的贼一定清楚地懂得，孩子和家财是一个女人肩上担着的两头担子，颤悠悠地系着她生命的全部。

在另一个故事中，一个光棍在月白风清的夜晚，鼓起勇气来到寡妇的窗下，多情地对着里边说：“我有碓棒缺碓窝，你有碓窝缺碓棒。何不干脆配成套，大家都不闲着！”寡妇大怒，端盆洗脚水从窗户里泼出来：“老娘院子里的石碓窝天天闲着，你不怕磨起老茧，随你杂种怎么舂都没有人管！”

两个故事都跟男人女人有关系，但安玛她们不懂得其中藏着的奥秘。三个人坠在扶手上，合力把碓踩得大响。三婆背着手转悠到食馆门前，一见就尖声叫起来：“鬼姑娘些，不要踩了！姑娘家踩空碓会肚子疼脑壳疼，吃药都难医好，晓不晓得？”

三个女孩假装没听见，低着头又踩出一串声响。这声音让她们生出一种冲动和喜悦，响声猛烈地撞击着黄昏脆弱的神经。

供销社食堂的炊事员老木大爷，留着几缕长须，头上戴顶蓝帽子。他端了茶杯笑吟吟地坐在石头上，跷起二郎腿对三婆说：“娃娃们喜欢踩就让她们踩好了，碓窝生来就是给人舂的，闲了会生虫。”

三婆呸地啐他一口：“老不正经的东西，嘴巴乱说乱讲要生疮的！”

三婆抬头看看天边的晚霞，心神不宁。她一把扯过阿莉：“鬼姑娘不要玩了，跟我回家。今天右眼皮跳得很，怕是要出什么事！”阿莉像条泥鳅一样从三婆的腋窝下滑脱，挤回安玛和大萍的中间，气得三婆直皱眉。

灾难是在一瞬间发生的。

安玛正要抽身离开石碓，就听得一声惊天的轰响巨雷一样炸开。也萨小镇被震得簌簌发抖，天边有一团浓烟像雾一样地扩散开来。老木手里的茶杯被震到地上摔成几片，他愣愣地望着一身的茶水说：“这是怎么了，这是怎么了呀！”

很多年后安玛想起这件事，还对三婆神奇的预言能力敬佩不已。她竟然能从黄昏的空气中嗅出灾难来临的味道，真是一个不同凡响的女人。

巨响后，人们从各自的家里东倒西歪地逃出来，瞪着眼看着天边越来越浓的烟雾，惊惶地说：

“是不是打仗了？”

“是苏修扔过来的原子弹爆炸了？”

“哦哦，快跑，快跑……”

安玛的脚仿佛黏在石碓上了，碓棒悬空而立。死亡以它不露声色的方式撩开厚重的面纱，露出一只诡谲的眼。

人们跟着烟雾，来到镇口公路边的大队公房，只看见一地破碎的瓦砾冒着青烟。回溯也萨镇上发生的这起惊天动地的爆炸事件，起因却平淡得有些令人失望。没有阴谋和暴力，也没有期待中的一个女人两个男人的故事供人们调侃，一切都只是偶然。三个山民进城背炸药回来，路过也萨，在公房里歇脚过夜。其中一人起身去背架上解干粮袋做晚饭，忘了拔下嘴里衔着的旱烟袋，几粒火星飞到背架上的火药里，酿成了这场灾难。

阿莉的哥哥那天在公房的火塘边闲坐，和背炸药的山里农民扯闲篇。他家里有温暖的火塘，有刚刚娶进门的小媳妇。可阿莉的哥哥经常去公房，坐在散乱的麦草堆上，深更半夜都不回家。阿莉的哥哥长了张三婆那样的脸，瘦长扁平，一双细眼让人看不透他的心思。

三婆看见瓦砾堆里那条晃晃悠悠的腿，惨叫一声晕了过去。残破的布片在风中飘荡，上面有三婆一针一线缝上的蓝色补丁，扎眼地裸露在人前。对多年守寡的三婆来说，这是她人生中最大的灾难。打从这天起，她的头发开始一缕缕变白、脱落，远远看去就像一块贫瘠的土地。给人跳神做法事的时候，她会突然插进几句“我可怜的儿呀”之类的阴惨惨的呼号来，主人家一头雾水，不知道是哪路神仙下凡。

最先对三婆的能力产生质疑的是安玛。如果三婆真像人们说的那样神通广大、能和鬼神亲近，那她为什么不能准确地算出阿莉的哥哥将要面临的灾难，将他留在家里躲过去呢？如果她没有这样神奇的能力，那她平日里请鬼神做法事，只是一种欺骗？

这些问题一度搅得安玛脑仁发疼。

那天的黄昏对安玛来说，是一场永远无法消除的恐怖记忆。她和大萍拉着手在人堆里挤来挤去，灾难和死亡从眼前滑过，碎石破瓦，衣服残片，被灾难吓得变了形的面孔，猫狗蜷缩在人身边，前所未有地温顺。几个老婆婆扶着三婆，抹着泪水说：“罪孽呀罪孽，老天爷收人来了！”

安玛和大萍在一道歪斜的竹篱边看到一截手臂，上面布满了黑而浓密的汗毛，带着污迹。那手臂汩汩地渗出鲜血，似乎还在突突地跳动着。好像有一声叹息从风中飘过，它终于偃旗息鼓。

安玛张大了嘴，她竟然在无意中目睹了一只手臂死亡的过程。恐惧释放出来，一点点地膨胀，拽紧了安玛战栗的灵魂。

一只手突然紧紧地拽住安玛的肩头，她吓得叫起来。回头去看却是大萍的手，哆哆嗦嗦的，一张小脸也灰白得不成样子。大萍泪水盈盈地说："我怕，我害怕呀安玛！"她们紧紧地依偎在一处，退缩到人群外面。

这种残酷的场面，和安玛曾见过的死亡，完全不是一回事。

五岁那年，母亲曾带着她去看一个她该叫老祖的人，老人刚刚落气，躺在一扇门板上，睡着一样安详。老祖实在很老了，如同一截干枯的树枝，满脸都是深沟似的皱纹。老祖活了很多年，活够了，就在自家温暖的茅屋里无声无息地闭上眼睛。那样的死亡像一首沉静古老的歌，没有悲伤和恐惧。来帮忙的女人小声地说话，轻手轻脚地做事，仿佛怕惊醒老祖沉沉的梦。安玛拽拽母亲的衣角小声地问："老祖要睡到什么时候？睡觉怎么还要穿新衣服呢？"母亲摸摸她的头，叹口气在她耳边说："你长大就会懂的，到外面玩去吧！"

夜晚来临，人们在老祖家的院里点起一堆柴火，围坐在火边，听披羊毛毡的汉子扯长了声唱孝歌：

前路茫茫啊，
你慢慢地走，

慢慢走呀莫回头。
逢山你慢慢把那坡来爬，
遇水你慢慢把那河来过，
祖先等你在前头，
等你在前头。
…………

那个场面令安玛觉得，死亡并不是什么可怕的事情。大人们告诉她，老祖走了，到一个遥远的地方找她的亲人去了。

可是眼前这个场面，彻底改变了安玛对死亡的印象。没有诗意，没有歌声，充满了血腥味和令人恶心的东西。她甩开大萍的手，跑到没有人的沟边干呕起来。

很长一段时间，安玛的梦里总是出现那条手臂。夜晚，母亲起来上厕所，发现安玛像只惊恐的小鹿，裹着被子缩在床角，两眼直直地瞪着灰白的窗棂。

母亲惊讶地说："这个娃娃发梦怔了吗？快睡下，天还没亮呢！"

安玛恹恹地，"我睡不着。我不要睡觉，我要看月亮。"

母亲把她的头按到枕头上，睡意蒙眬地说："睡吧，睡吧，半夜里不能看月亮光。小娃娃家家的，怎么会没有瞌睡呢！"

安玛把自己裹在厚厚的被子里，只留出一个呼气的洞口，像一只过冬的田鼠。即便这样，也还是摆不脱那种网一样罩在头顶的阴影，死亡在对她扮鬼脸。她想象着外婆、母亲、父亲，他们都将走向死亡，心脏就一点点地收缩、疼痛。

“不要，不要呀！”

她咬着被角：“外婆、爸爸、妈妈、妹妹，我要你们永远都活着，活着，不要死，永远都不要！”

安玛的泪水奔涌而出，没有人可以诉说，没有人可以分担她对死亡的恐惧。

许多个不眠的夜晚，安玛悄悄地从被子里爬出来，倚在窗台上，默默地遥望天边的明月。月圆了又缺，缺了又圆，无声无息。在夜色的怀抱里，她想象自己是一只美丽的鸟，舒展着双翅，飞向那轮皎洁的月亮。那里没有死亡的阴影，只有长生不老的桂树，散发着迷人的馨香。

这年冬天到来之前，妈妈拆洗被子的时候，发现安玛的被套上布满了深深浅浅的牙印，像老鼠磨牙的杰作。妈妈托起安玛的下巴看了看：“牙都换了好几颗了，怎么还在磨牙？是不是肚子里有虫子？等我有空，要到卫生院去给你开打虫药了。”

安玛推开妈妈的手，伏在窗台上看着窗外的白云：“我不要吃打虫药，我肚子里很干净。”

这一年安玛正好十岁。

生　命

春节前，乌城的空气中有袭人的冷气，不时会有薄薄的雪花，让人生出一个寒战。稀泥在脚下发出吧唧吧唧的声音，石板的凉意透过鞋底把安玛的脚冻得快麻木了。比起也萨，乌城的冬天总有更生动的风景。

西门长街是真正的街，青石板的路面蜿蜒起伏，泛着清冷的光，行人的影子在水中恍惚地跃动。小食店柜台上的笼屉冒着诱人的热气，红鼻子老板娘一边手脚麻利地包抄手，一边扯长声招呼过路的人：

“猪儿粑——热的！”

“抄手，加红油！”

安玛使劲咽下口水，扭过头去。

朱疤子率领的队伍准时出现在西门长街拐角处。他身上套满了大大小小的竹编，青布的破棉袄被遮得不见踪影。往后是他蓬头垢面的妻，他七高八低的儿女。他们身上也全都是竹编，走起路来蛮热闹。

朱疤子走几步便很有韵味地叫一声：“锅圈——刷把！”

他的妻默契地跟一声：“刷把——锅圈！”

于是，一街人的目光都跟着他们走。店里的人伸出头来：“瞧这一家人，这么冷的天还出来！”

安玛有些害怕朱疤子脸上凹凸不平的疤痕，也害怕他冷峻得有些凶狠的表情。这是一个历经沧桑，正在经受着生活磨难的男人。但他身后那支奇形怪状的队伍，竟然能忍受贫穷的折磨，忠实地尾随他，坦然行进在寒风瑟瑟的长街上。那个流着清鼻涕的小男孩，举起手中的锅圈，东摇西晃，对着安玛做鬼脸。

医院就在西门长街的尽头，不远的一段路，安玛却磨磨蹭蹭地走了老半天。她喜欢这种无人约束的感觉。

来到县医院门口，安玛手里的饭盒已经有些凉了，来苏尔的气味冲得她浑身一激灵。

从大门进去，要经过一条长长的通道才是住院部，通道两边是门诊办公室。安玛走走停停，把诊室、药房、注射室、换药室挨个看了一遍。护士穿着白色工作服，从安玛旁边走过。

内科姓曹的女医生用细长的手指给病人做检查，温和地说："把嘴张开我看一看，啊——啊——扁桃体发炎了嘛，要打青霉素，好不好?"

药房窗口传出悠长的声音："一天三次，一次两片，要忌酸冷哦!"

安玛喜欢来苏尔的气味，喜欢医院里神秘的气氛，特别喜欢医生那身白色的衣衫，宽大、颀长，真是好看。她对自己说：我长大了，也要穿白大褂，做医生。

二楼病房里，母亲和刚出生三天的小妹妹在等她。

二楼产科摆了二十多张床，站在门口望去，是一条起伏着白色波浪的"河"，床上的产妇就是一个个岛屿。她们扎着不同色彩的头巾，挂着疲惫又幸福的笑，拍打着身边白色的襁褓。

安玛在门边忐忑不安，不敢贸然走进这间屋子。她害怕看见那些奇怪姿势的女人，包括母亲，母亲也让她感到从未有过的陌生。一个认识她的护士从屋里出来，拍拍她的头："你这个送饭的怎么现在才来，你妈早就饿了，还不快进去!"安玛低着头穿过那些起伏的岛屿，来到母亲床边。母亲只是微微皱着眉叹气。

生孩子并不是一件美好的事。安玛心里满是失望。

一个产妇在男人的搀扶下，坐到痰盂上。哗哗的声音像溪流一样，冲击着屋子的每一个角落。护士端着瓷盘进来，一把掀开对面床上女人的被子，为她冲洗下身。羞怯像酒一样从头顶直向脚跟漫延，安玛的脸上泛红。天哪，女人的身体竟成了道不设防的堤坝，无遮无拦，袒露在安玛眼前，不远处的床边还坐着两个男人呢。

安玛悄悄抬头瞄了一眼对面的床，很快又把目光收回来。那里就是生命的通道？那分明是一块糟污的土地，杂草丛生，还有殷红的血迹，面目狰狞又惊心动魄。

大人们平日里说，孩子是从河滩上捡来的，或者是从胳肢窝里生出来的，都比眼前的场面诗意得多。安玛坐在母亲的床沿，有一种受骗的失望，她委屈得直想掉泪。

母亲脸色苍白，拉过安玛的手说："你还没有看到小妹妹呢，你这个做姐姐的，快来看看她长得漂亮不？可爱不？"

安玛这才仔细看了看沉睡中的婴儿。皱皱巴巴的脸，红红的皮肤，实在看不出有什么漂亮的地方。她一定是饿了，张着嘴，转来转去找东西吃。母亲把紫红色的乳头塞进她嘴里，对安玛说："你当初刚生下来还没有妹妹大呢，瘦得像只猫，都没有力气哭。还是医生用热水袋焐了半天才救过来的，急得我只知道哭！"

安玛似信非信地垂下眼帘。她宁愿相信自己是从河滩上捡来的。

供销社的楼道墙上，曾经张贴过花花绿绿的宣传画，上面画着鲜艳而奇怪的图形。大人从那里走过，总是要瞄几眼，眼神也和平时不大一样。安玛识些字了，她踮起脚尖，仰头望了好半天，这些图形像蝌蚪，有什么好看？

大人看见安玛在看画，笑嘻嘻地逗她："上面画的是什么呀？念给我们听听，考考你认了多少字。"

安玛大声地说："上面写的是精子和卵子。"

大人又问一遍："你说什么？"

"上面写的是精子和卵子！"

安玛有些得意，等到看见大人脸上一副阴谋得逞的坏笑，才知道自己受骗了。大萍拉拉她的衣角，凑在她耳边说："我听我妈讲，画上那些东西是生娃娃用的，小姑娘家不能随便乱说。"

安玛不解地问："生娃娃用的为什么不能说？"

大萍白她一眼："娃娃是男人跟女人睡觉才有的，这个你都不懂？"

后来，阿莉听说了这件事，也笑安玛傻，还说："男人讨媳妇，不就是为了跟她睡觉，生娃娃吗？安玛连这个都不懂！"

安玛却坚持说："画上都说了，娃娃是精子和卵子变的。"

阿莉笑得直不起腰来。

现在，安玛又想起那些黑黑的蝌蚪。它们游动、漂浮，然后变成一个个粉红色的婴儿。世界上的事真是太奇妙了！

护士端着瓷盘走过来，掀开母亲的被子。安玛像一只受到惊吓的鸟，朝门口奔逃而去。她迫切希望回到外面的世界，此时，就连朱疤子一家叫卖的声音，竟然也无比美妙。

安玛独自坐在空空荡荡的宿舍里，楼里的人都到省城办的学习班学习去了。安玛的父亲也在其中。

学习班是个什么样的班呢？没有人告诉她，她也懒得去想。她只是羡慕父亲能去省城，那么遥远的地方，那里一定有许多漂亮的房子和穿漂亮衣服的人。

安玛三岁时才头一回见到那个被她叫作爸爸的男人。他有一张秀气的脸，高高的鼻梁，看起来很是文静儒雅。后来，他每月来也萨探望她们一次。安玛总觉得爸爸秀气的面孔后面，隐藏着让她感到害怕的东西。她宁可和他保持不远不近的距离。

八岁那年，安玛进城去玩，父亲很慈爱地拉着她的手带她上街。来到十字路口的饭馆，父亲慷慨地说："要吃什么？我给你买。"

安玛伸长脖子往里看："里面有什么？"

父亲有些不高兴："我问你要吃什么？"

"我都不知道里边有什么，怎么知道要吃什么！"

父亲脸上阴云密布："别家的孩子可不像你这样说话！"

安玛扭过头去看大街。他们谁也不愿意妥协，就这么别扭地僵持着。饭菜的香味四处弥漫，笼屉里又大又白的包子一定又松又软，又香又解馋。安玛的口水都快要流出来了，可她却紧紧地咬住嘴唇。

她生气地想，你是我爸爸，应该知道我爱吃什么，也萨哪有这样的包子，你是舍不得花钱！

僵持的结果是父亲终于忍不住怒火，扇了安玛一个大耳刮子。安玛头一回尝到倔强的苦果。

安玛坐在火炉边，看着父亲风尘仆仆地走进来。

他身上还沾着斑斑点点的泥渍，眉眼间是掩饰不住的疲倦和困顿。从省城到乌城，坐班车都要坐上三天。父亲是请了假赶回来的。放下包裹，他就要赶到医院去探望母亲。出门之前，父亲和气地笑笑："安玛，这些日子真辛苦你了，你一个人又要送饭又要看家。你真有本事！"

算起来，安玛已经有快半年没见到父亲了。父亲身上烟味、汗味混合的气息让她感到不真实。她感觉父亲的笑里藏着焦灼和虚伪，只见他拉开门，回头望望沉默不语的安玛，犹豫地说："安玛，你妈妈生……生了个什么？"

安玛笑笑，垂下睫毛："生了个毛娃娃，脸红红的，好难看。"

父亲顾不上跟她生气，他搓搓巴掌干咳两声："我是说……我是说，你妈妈生的是弟弟还是妹妹？"

安玛望着跳动的火苗说："我不知道。"她为自己撒谎感到一丝难堪。

父亲急了："你真不知道？妈妈没有告诉你？"

“没有，我忘记问了。”

安玛用火钳拨动火苗，不敢看父亲那双期待的眼睛。生个什么真有那么重要吗？父亲到火炉边坐下，点了一支烟，狠狠吸了几口，双眉微微地蹙着。

看着父亲远去的身影，安玛心想，他现在要做三个女儿的父亲了。他盼望有个儿子。

安玛长长地打了个哈欠，蜷缩在藤椅中迷迷糊糊地睡去，这些日子她真是太累了。她做了一个梦，那间河流一样的产房里铺满了鲜花，一张张床成了花的岛屿，父亲抱着小弟弟，笑得合不拢嘴。安玛也笑了。

迷　宫

算上安玛的母亲，供销社里有三户人家一连串地生了三个女儿。而供销社后面的赵老七家，那女人一口气生了七个女儿后，生下了一个大胖儿子——老八。

镇上的人戏谑地说：“神了，老七生老八！”

比起来，供销社的女人缺乏老七女人这种坚韧不拔的毅力。于是，她们另辟蹊径，找来了生儿子的偏方。

傍晚时，管仓库的罗秀英，甩着两条大辫子，拿着一张发黄的纸，神秘兮兮地来找安玛的母亲：“老宁，我又得了个好方子，人家说这是当年从皇宫里流传出来的，可灵了！只要对准了时间……嗯……就一定会生儿子！”

安玛快嘴快舌地说：“我看看，什么好东西会生儿子?”

母亲把她的手打开，毫不留情地把她推到门外。罗秀英说：“快下楼去，大萍她们在下面等你玩呢。”

供销社门前散着许多人，抽烟、聊天、看孩子抓子子宝。这是小镇人最集中的公共场所，一块空空的泥地，一座方形的土台子，可以用来开会或者演戏。来这里消闲的大多是男人和孩子。女人们不会有如此雅兴，她们像陀螺一样在家务和孩子中间打转。

安玛无聊地闲逛，手里捏着几颗溜圆的小石子。抓子子宝是她的拿手好戏，边抓还要边唱：

小核桃，一把捞，把捞起。
起一颗，抓三颗，三来排。
排子时，游子队。
一尾子，尾上尾……

安玛可以把五颗小石子交替丢到空中，变换出令人眼花缭乱的花样。

大萍和阿莉挤过来，拽拽她的衣角：“快走，那边有好东西看。”安玛不想去，阿莉一把抓住她的手扯了就走，一直来到台子后面的庄稼地。安玛惊讶地看见，茂盛的玉米叶下面竟然睡了一个用破衣服包裹着的婴儿，眼睛紧紧闭着，小嘴却一开一合，想来是饿了。

安玛试着把自己的手指伸到他嘴边，一下子就被紧紧地含住了。安玛尖声叫起来：“他吃我的手指头！”

三个女孩蹲着围着婴儿看。

安玛说:“他怎么在这里?”

阿莉很有把握:“一定是个女孩，人家生了不要，故意扔到这里来的。我和大萍来撒尿，一回头就看见了，把我吓得要命!”

大萍用两个指头轻轻扯开婴儿身上的破衣服看了看:“真是个女孩。”

安玛摸摸婴儿的脸，那皮肤软软的像是棉花。安玛像个大人那样叹气:“她的妈妈怎么舍得把她扔在这呢?她会饿死的呀!”

阿莉说:“谁让她是个女孩呢!要是个男的，再丑也不会丢的。我堂哥家生的儿子是个豁嘴子，难看死了，也没人说要把他扔掉啊!难怪我妈常说女孩的命像草，贱得很。”

三个人没有了主意，静静地守着这个来路不明的婴儿。

安玛望望大萍和阿莉:“她一定饿了，会不会饿死啊?”

阿莉说:“不会吧，我妈说女孩的命大，一时半会死不了。”

安玛又把手伸到婴儿嘴边，婴儿含住她的指头不肯松开。

夕阳给庄稼地披上了一层金色的外衣，枝叶间漏下的光点在婴儿的脸上布下斑纹，她突然发出一声啼哭，似乎也意识到自己的悲惨处境。

哭声勾住了三个女孩迟疑的脚步，她们互相看看，一时没了主意。安玛想了想，突然激动地叫起来:“阿莉，你嫂子不是没有娃娃吗？咱们把这个孩子送给她去，不等于帮了她一个大忙！”

大萍也说：“对对，你嫂子一个人孤孤单单好可怜。养个娃娃也好做伴啊。咱们现在就给她送去，她一定高兴！”

阿莉迟疑着：“试试吧，只是不知道我妈答不答应。”

阿莉拍拍手弯腰抱起地上的婴儿，小心地让婴儿倚在她的臂弯里。

安玛歪着头看着婴儿说：“她长大了一定很漂亮的，你们看她的鼻子，阿莉，她还真有点像你呢！”

阿莉白她一眼：“像你。”

三个女孩走过操场时，引起一阵不小的喧哗。大人们围上来看着婴儿，惊奇地说：“这三个鬼姑娘，在哪捡来个娃娃？”她们一言不发，紧紧抿着嘴。

安玛和大萍护卫着阿莉，勇敢地穿过众人的视线，穿过一个不同凡响的黄昏。

婴儿没有像她们设想的那样顺利地送出去。

阿莉的嫂子扯开婴儿身上的破衣服，瞄了一眼后撇撇嘴：“我就知道是个姑娘，要是个儿子我就要了。不过要真是个儿子，哪家又舍得丢哟！”

安玛不甘心地劝她：“她长大了很漂亮的，她会叫你妈妈。”

阿莉的嫂子叹口气：“抱走抱走！”

阿莉无助地看着大萍，大萍忙把脸转开：“我家已经有两个妹妹了。”

安玛说：“我家也有两个妹妹。”

三婆听见动静开门出来，摸摸婴儿的脸：“真是前世造的孽，这么小的娃娃也舍得丢！唉，要不是我年纪大了我就收下你了。”

阿莉满怀希望：“妈，你就收下她吧！我来带她，不用你操心。”

三婆白她一眼：“你以为是养只狗养只猫呢？这是一个人！我养你还有操不完的心。唉，女娲娘娘怎么不造个儿子送来呢？女娃子来人世，要遭多少罪啊，真是造孽……”

安玛问：“女娲娘娘是谁？”

三婆说：“造人的神仙啊！你们都是她老人家造的，造了丢在河边，你们的妈捡回家养。”她边说边笑。

安玛觉得她的话总带着神秘，忍不住又问：“三婆，女娲娘娘她漂亮吗？她住在哪里？”

三婆说：“当然漂亮了，她自己就是造人的神仙，还能亏了自己？她住在，喏，那座山的最高处，你们是看不见的。”她指了指远处的大山。安玛顺着她手指的方向看了半天。

三个女孩很失望，抱着婴儿又回到操场。大人们都散得差不多了，母猪倚在土台子边笑嘻嘻地望着她们：“是你们哪个生的娃娃？”

阿莉啐他一口：“放你的狗屁！她是我们在台子后面捡的，要不你把她抱回家去，给你妈养好不？她长得很好看，长大了就给你做媳妇！”

母猪摇摇头："我妈不会要姑娘的，我家里有五个姐姐！"

安玛觉得今晚的事实在不可理喻，大人们为什么不喜欢女孩子呢？女孩子漂亮、大方、能干。也萨小河边洗衣择菜的全是女人，在街头游手好闲的全是男人。男人喝醉酒追着打老婆，在街头哇啦哇啦地叫。养了七个女儿的赵老七就是这样的一个男人，可他还是那么恨他那七个聪明漂亮、吃苦耐劳的女儿，不生下个儿子绝不罢休。听三婆说，他老婆生老八的那一晚，他像只狗一样守在门外，紧张得浑身发抖。三婆掀开门帘出来，他蹿过去抓住三婆的袖口结结巴巴地问："生……生……生了个什么？"三婆故意逗他，慢悠悠地拍拍衣襟说："当然是生了个人，难不成还会生个猪？"

赵老七顾不得和她生气，央求道："我的好三奶奶，你快告诉我，生的是儿子还是姑娘？"

三婆说："生儿子怎样，生姑娘又怎样？"

赵老七说："再生姑娘我就只有跳河去了，断子绝孙的骂名我背不起啊！"

三婆说："想跳也跳不成了，生了个儿子，还不快进去看看。"

赵老七一听，高兴得一口气灌下半瓶苞谷酒，站在院子里对着夜空大声吼："我有儿子了，我赵老七终于有儿子了！"

全也萨的人都听到了他的叫声。第二天路过他家门前的人，都收到了他送的红皮鸡蛋。

那婴儿最终还是被放到土台子上面，三个女孩实在想不出比这更好的主意来。她们抱着她在空荡荡的街上走了几个来回，没有一家愿意收留这可怜的婴儿。

大人们站在门里，远远看见她们，扬起手像赶瘟疫似的说："鬼姑娘些，快抱走，快抱走！"

这一夜，安玛在梦里不得安宁。那婴儿的影子晃晃悠悠地徘徊在梦的边缘。一双眼睛忧伤地眨着，仿佛在说，安玛，你为什么不救我？我长大了会做饭洗衣，会是个好女儿好母亲，我绝不会抛弃自己的孩子……

梦中的婴儿穿了一身红色的衣服，火球一样耀人。她对安玛招招手说："你跟我来，我带你去一个美丽的地方。"

安玛感觉自己像一团松软的云。

那里是一个陌生而又美丽的地方，淡淡的雾气在山谷中飘荡。婴儿说："我带你见女娲娘娘好不好？"安玛问："我们为什么要去见她？"婴儿睁大眼睛说："女娲娘娘是造人的祖宗，我们都是她老人家用泥捏出来的呀！"安玛说："我不是，我是从妈妈肚子里生出来的。"她又想起医院那股令人作呕的血腥味，心里翻腾起来。可是，妈妈生出我之前，我在哪里？

婴儿仿佛看穿了她的心事："你真傻，我们都是女娲娘娘用泥做好的模子，妈妈的肚子只不过是我们来到人世的通道。"婴儿的语气突然变得伤感起来，"只是，我刚生下来，就被扔到了野地里，妈妈为什么不喜欢我？"

草地上升起一片绚烂的花海，一个衣衫简朴、长发飘飘的女人端坐在崖石上。她惊讶地对婴儿说:“我精心打造了你，给了你俊秀的容貌、健康的身体，你为什么回来？你有什么不满意呢?”

婴儿扑倒在地，哽咽着说:“女娲娘娘，我没有不满意，只是……只是……”她迟疑起来。

女娲娘娘和气地说:“你还有什么就说吧。”

婴儿搓着衣角:“您能不能给我安上一件东西？让我做……”

女娲娘娘望着她:“你想变成男儿身?”

婴儿的脸暗淡下来，沮丧地说:“我被扔到了野地里，镇上也没有一家人愿意收养我。一切都只因为我是个女孩！她可以为我做证。”

安玛轻轻点头。

女娲娘娘的长发在风中飘舞，她低着头想了想说:“我为你破一回例吧。”说着从座下抓起一团稀泥，捏出一个形状，安在婴儿的胯下，又在他脸上摸了一把说:“既然破了例，就要付出代价。去吧!”

婴儿的脸变成尖嘴猴腮的模样，在安玛看来，真是难看极了。但他低头看看自己的身体，竟欢天喜地地离去了，甚至忘记和安玛打个招呼。

女娲娘娘看着安玛说:“你是不是也要呢?”

安玛有些心动，如果我也有那东西，我就变成父亲的宝贝了，母亲也不用再去找什么生儿子的偏方，可以轻松一些。

可安玛想起那个赶场天，一个穿大裤脚的山里男人喝醉酒，站在街头当着众人就开始撒尿。安玛远远看着，觉得恶心。

于是安玛坚决地摇摇头说："我不要，我喜欢我自己。"

女娲娘娘脸上一片笑意，她走下座来赞许地摸着安玛的脸："你真让我高兴。不过，我也得让你看看女人的真相。你跟我来。"

女娲娘娘身后不知何时已经有了一重厚厚的幕帘，她把安玛拉到身边，伸手撩开第一层帘子，里面云雾缭绕。少女肩上扛了花锄，正在溪边走着。落英缤纷，垂柳拂面，一派迷人风光。安玛看得呆了，惊叹道："她好美啊！她是不是仙女？"

女娲娘娘笑笑，伸手掀开第二层帘子。里面是一个扎着围裙的女人，在锅台前忙碌着。她双手沾满油渍，头发散乱地披在肩上。几个拖着鼻涕的孩子缠绕在她的脚下，让她寸步难行。这个女人让安玛想起镇上的许多女人，她们不都是这样过日子的吗？

第三层帘子中的画面更令安玛感到难堪。一个衣衫不整的女人大大咧咧地坐在尿桶上撒尿，女人皮肉松弛，面色麻木。安玛嫌恶地皱了皱眉头。

第四层帘子后面的女人衰老憔悴，皱纹重重，像一朵干枯的菊花。她倚在窗前，眼神空洞地望着远方。安玛想起了三婆。

安玛对女娲娘娘说："我不想看了，我要回家。"

女娲娘娘爱怜地摸摸安玛的脸："现在你还愿意做女人吗？"

安玛仰头望着她说："除了男人和女人，还有没有更好的人？像水像云像雾一样，干干净净、清清爽爽的人。”

女娲娘娘笑笑，没有说话。安玛歪着头想了想：“女人会生孩子，会做饭做针线。女人比男人有本事……”说着说着，女娲娘娘的脸却变成了母亲的脸，俯在安玛身前关切地说：“安玛，天都大亮了还不快起床！”

安玛清醒过来，一翻身光着脚跳到窗前，急切地朝楼下张望着。土台子上空空荡荡。

婴儿消失了。街对面传来一阵爆竹的响声。

安玛后来才知道，那天夜里，母猪的姐姐大凤生下一个男孩。

大凤招赘上门，姑爷栓子是山里人，家贫娶不起妻，就低头做了大凤家的上门女婿。镇上招姑爷上门的人家，大多是先生女儿，千呼万唤才生下个儿子承接香火。大凤却头一胎就生了儿子，母猪的妈欢喜得一大早就提了鞭炮在家门口放，又按她男人的姓氏给孩子取名为张继祖。

做了舅舅的母猪在操场上截住安玛，从口袋里掏出个红皮大鸡蛋朝她晃晃：“我家有一大箩这样的喜蛋，安玛你想不想要？”

他用红皮鸡蛋做诱饵，成功把安玛引到他家院墙外。门前散落着一地鞭炮纸屑，门上高高地挂着一条大红布，家里娶亲一样隆重。

张伯娘把安玛拉进屋去，笑哈哈地说：“哎哟，安玛姑娘，今天你可是头一个到我家来的人，你是贵客哟！快来看看我们张家的大孙子！”

屋里很暗，大凤头上包了块毛巾，靠在床头，怀中抱着个小小的布包，脸上满是自豪。张伯娘有些紧张地抓住安玛的肩说：“安玛，你看他长得好看吗？”

安玛的鼻子被一股难闻的气味弄得不舒服，敷衍着说：“好看好看。”

张伯娘又说：“是不是大富大贵啊？”

安玛随着她：“大富大贵。”

张伯娘松了口气，高兴地拍着大腿：“我们家继祖就借安玛姑娘的好口彩了，同志家的姑娘就是会说话！大富大贵，大富大贵啊！好好，继祖的小名就叫富贵了。母猪，快给安玛姑娘拿喜蛋，多拿几个！”

安玛口袋里装了两个，手里又托了两个热乎乎的红喜蛋，高高兴兴地回到街上。她根本没看清布包里那个小毛孩的模样，不过那有什么关系，反正她得到喜蛋了。张伯娘把她当个人物似的对待，让她感到自己真有点了不起。口袋里的蛋烫乎乎地贴着她的腿，有点发痒。几个比她小的孩子盯着她手里的红蛋，眼馋地跟了她好大一段，安玛得意极了。上回大萍得了赵老七家的一个红蛋，只让她看看，摸都不让多摸一下。现在她竟然有了四个红蛋，她真想让大萍和阿莉都看看，好好眼馋她们一回。

一个月以后，母猪抱着他的小外甥出来晒太阳，安玛才真切地看清那个将要大富大贵的毛孩子。安玛悄悄吃了一惊，那孩子的脸出奇地瘦小苍白，尖嘴猴腮，像只耗子。

母猪没心没肺地笑着问她："安玛，富贵长得好看吗？人家都说他像我，外甥像舅呢！"

逃　逸

五岁那年，安玛伏在父亲的背上，一步步走进了也萨。

安玛的母亲原来在老家的卫生所工作，因为照顾夫妻关系，调动到乌城。领导拿出张地图，让她在乡镇中择一个去处。她毫不犹豫地指着地图上的也萨说："就是这里了。"

很多年后母亲告诉安玛，也萨这个地名太独特了，那里生活着的身披披毡、吃炒面、唱山歌的彝胞让她生出了亲切的感觉。母亲身上流淌的血液中，不乏彝族人的浪漫和豪爽。她身上有令安玛羡慕的质朴和干练，母亲选择的也萨，让长大后的安玛生出一种近乎宿命的感觉。

在城里工作的父亲请了两天假，送安玛母女到了也萨。在安玛的记忆中，那是一次快乐的出行。父亲宽阔的脊背像一条轻波里漂游的小船，载着她在绿草萋萋的山路上前行。

很多年后，父亲在安玛眼里变得陌生、冷漠，于是她总是回想起那曾经像船一样温馨的脊背，曾经留给她多么美好的回忆。想起在长满绿草的小径上悠悠行走的场景，她的心才会一点点变得柔和起来。

大萍站在也萨的街口，用惊喜的目光迎接安玛一行。大萍是罗秀英的女儿，是镇上有名的小美人。她长了一张漂亮的鸭蛋脸，鼻梁高挺，眼睛黑亮。大萍皮肤有些发黑，使她看起来多了几分凝重，少了几分俏皮。安玛伏在父亲背上，一步步从大萍黑亮的眸子里滑过。

也萨的月光纯白，静静地流泻在大萍家的小院里。安玛就在这个小院度过了在也萨的第一个夜晚。她怯怯地打量着篱笆上淡蓝色的喇叭花，还有刚刚认识的大萍姐妹。大萍、二萍和才会走路的三萍，站在喇叭花下，好奇地窥视着安玛。大萍看见安玛的手指被路上的荨麻蜇了一道红红的印痕，于是主动拉着安玛的手到院外的斜坡，为她采野艾蒿解毒。

大萍的手够不着长在石头缝里的野艾蒿，就趴在斜坡上，让安玛和二萍拽住她的脚，伸手去够那片在晚风中轻轻摇曳的野艾蒿。大萍的脸变成一片生动的粉红色。在接下来的时间里，安玛和大萍，还有阿莉，很快就成了好朋友。

安玛和大萍的母亲是供销社的同事，被也萨人称为“同志”，阿莉的母亲是土生土长的神婆。刚开始，三婆常常揪着阿莉的耳朵告诫她：“不要整天跟同志家的娃娃在一起混。人家爹妈是领工资吃饭的，你要识趣！”阿莉却像泥鳅一样从三婆的手中滑脱，远远地冲她直翻白眼。

阿莉对三婆说：“我将来未必不如她呢，你等着瞧！”阿莉的嗓门明亮，像唱歌一样动听。后来她果然沾了这副好嗓子的光，考进县宣传队，吃上了公家的饭，三婆着实风光了一阵。不过这是后话，现在的阿莉只是一个扎着两条耗子尾巴似的细辫子，穿一身花布大襟衣的乡下丫头。但是安玛和大萍都喜欢她，三个人成了拆不散的朋友。

大萍外表沉静，内心古怪，阿莉则是天生的精灵，而安玛傻乎乎的，有些不开窍。三个人之间若是有了什么摩擦，一定是在大萍和阿莉之间，安玛便成了她们争夺的轴心。安玛就是在一次阿莉和大萍吵嘴后，和阿莉结成统一战线时，无意中知道大萍的身世之谜的。

那天，阿莉挽着安玛的手坐在小河边的台阶上，用脚丫噼里啪啦打出一片水花，愤愤地说："大萍有什么神气的？她不过是个私生子！"语气中竟然有一丝轻蔑。

安玛头一回听到私生子这个词，好奇地问阿莉："什么是私生子？"

阿莉撇撇嘴："私生子你都不懂？就是野种。就是说她不是她爹和她妈做出来的。"安玛迟疑了一下又问："什么叫'做'？"

阿莉歪着头看她，笑出声来："你连这个都不懂？我哥在的时候，天天晚上都要和我嫂子做'那个'。我妈说我嫂子是个不要脸的货。"阿莉的脸上荡漾着兴奋和神秘，安玛傻乎乎地跟着她笑。

阿莉又说："我妈说了，私生子都长得漂亮，聪明。将来我也要生个私生子，你呢，安玛？"安玛知道不是好话，噘着嘴在阿莉的肩上打了几下。

大萍和阿莉怄气的时间不会太长，一会儿也就过去了。两个人想要和好了，就一边一个拉着安玛的手，推磨一样推来搡去，边推边嘻嘻哈哈地瞟着对方笑，笑着笑着也就忘了生气的事，手就拉到了一起。

大萍凑在她们的耳边说："我发现了一个好地方，可以做我们的家，我带你们去看看好不?"

大萍发现的好地方在食馆后面屋檐下。

在散发着油腻味的板壁和后围墙之间狭窄的过道里，竟然安放着一口令人恐惧的"棺材"。安玛和阿莉吓了一大跳，直往后退。大萍忙拉住她们说："别怕别怕，是油榨机，榨油用的。我昨天到这里来撒尿时发现的，正好做我们的家。"

安玛惊奇地看着这个东西，它比棺材高了许多，头顶有架子遮风挡雨。板子上糊着些油垢，还有一股隐隐的油香味。她胆怯地说："这里面又黑又脏，怎么做我们的家呀?"

阿莉不声不响地钻进去躺下，满意地说："里面很好的，下雨淋不着，大人也找不到。你们也进来。"

油榨机很宽，安玛和大萍挤一头，阿莉独自一人睡一头。三个女孩静静地躺着，体验着一种新鲜的刺激。安玛碰碰大萍，小声说："你说人死了以后，是不是也这样躺在棺材里，又黑又闷的?"大萍白她一眼："别乱说。"

四下里很静，风轻轻地从围墙上吹过。

板壁里传出一阵奇怪的声音，安玛凝神谛听，像猫在轻声呻吟，又像狗在翻滚折腾。壁上有一道细细的裂纹，安玛凑到跟前往里看去，开始只是一片昏黄的光，渐渐地，屋里的情形显现出来。淡淡的烛光，两个白白的影子在床上纠缠在一起，以一种奇怪的姿势。那猫似的呻吟声水一样从裂缝中渗透出来，冲击着安玛。

阿莉揪她的衣服，急切地耳语道："你看见什么了？"

安玛用蚊子叫一般的声音紧张地说："这两个人怎么没有穿衣服啊！"

"他们好像是在打架？"

"是不是生病了？"

阿莉等不及了，一把扯开安玛，自己贴到裂缝上去看。她的眼睛睁得大大的，半天不回头。大萍推推她说："你看够了没有，该我看了。里面到底有什么啊？"

里面的声音终于消失了，烛光也一点点地暗下去。三个人喘了口气，面面相觑，掩饰不住的惶惑。阿莉瞪着眼说："他们一定……一定是在干那个……"

她说出一个很下流而又直白的字眼，安玛和大萍的脸红了起来。其实这个字眼每天都在也萨的大人口中出现，是互相谩骂时常用的词。供销社的人文明一点，把男女之事称为"搞腐化"。

听见大人骂归骂，可目睹这种事，对她们来说都是头一回。

阿莉突然哭了，把安玛和大萍吓了一跳。阿莉哭得很伤心，双手蒙着脸，肩膀不住地抖动着。她断断续续地说："不好了，我们三个……三个都快要死了……"

安玛呆呆地看着她。阿莉擦擦泪惊恐地说："有一回我躲在我哥窗子下面，想听听里面的动静，被我妈抓住扇了几个耳光。她说如果小娃娃看见大人做那个……那个事，就会沾上晦气，要得急病死掉的。我们活不成了，呜呜……我妈说话很灵验的……”

安玛想起三婆跳神的样子，心里生出一种敬畏，她也不由得抽泣起来，她们被一种无形的恐惧包围着。安玛抬头看看油榨机机顶，黑乎乎的，真像一口棺材。她恨恨地对大萍说：“都怪你，是你带我们来的！”

大萍哀求地望着阿莉：“你有没有什么办法？你会不会像三婆那样念咒语、捉鬼？”

阿莉有些愧疚：“我不会。我妈现在做法事，根本不敢公开做，都是半夜三更躲着做。我瞌睡多坐不住，一点没学会。”

安玛颤抖着问：“那你知不知道我们什么时候会死掉？”

阿莉颤抖着说：“不知道，也许刚刚走出油榨机，就会死在地上。”

安玛觉得一种凉飕飕的感觉从小腿肚悄悄往上升，很快就弥漫到全身。她面色苍白地扑过去抱住阿莉：“你妈妈那么神奇，会帮人消灾，你也一定有办法的，什么事都难不住你，对不对？”

阿莉咬着指甲想了想说：“只有一个办法了，我妈常说凡事以毒攻毒总会有救。我们也学着做那个事，也许……也许会有救，会把晦气冲走，鬼就不敢来抓我们了。”

大萍瞪大眼：“我们怎么可以做……做……”

阿莉说:“怎么不可以，反正是为了冲晦气。”

大萍点点头:“那就试试吧？我可不想死！”

安玛没有出声，她在心里觉得那不是好人应该做的事。这个棺材一样的油榨机里弥漫着一种阴森森的气氛。

大萍筛糠一样地说:“我们快一点，我……我害怕……”

大萍和阿莉两个小小的身子搂到一起，安玛突然忘记了恐惧。

“安玛，这回该你了。”阿莉放开大萍。

安玛却钻出油榨机，朝着外面飞奔而去。她只想拥抱明亮的阳光。

对　岸

安玛在饭桌上突然对母亲说:“人家都说大萍是私生子。”

母亲吃了一惊，瞪她:“你懂什么叫私生子？乱说乱讲的！”

安玛说:“我懂，就是她妈和别的男人睡觉才生下了她。”

母亲倒吸一口气，隔着桌子伸筷子打她:“咦，不得了了！你整天在外面东游西逛的，倒长见识了。这种话也是小姑娘家说得的？看我不撕烂你的嘴！”

安玛翻翻眼低下头去吃饭，外婆在一边抿着嘴笑着说："鬼姑娘真是一天比一天大了，什么话都敢乱说。"

安玛得意地歪着头，对外婆咧咧嘴。母亲丢下碗，指着安玛的鼻子："不准你再下楼去玩，在家帮外婆做事，帮着带妹妹。听见没有？你要再和那个神婆的女儿混在一起，看我不打断你的狗腿！"

安玛知道母亲从来都是雷声大雨点小，根本没有时间管自己。早上七点到晚上七点，母亲都在供销社门市部上班，卖日用百货，像个团团转的陀螺。如果不是外婆，安玛更是一个无人管束的野丫头了。

母亲骂安玛时，从不说等你爸爸回来教训你之类的话，因为爸爸在三十里外的县城，每月只来一次。在安玛心中，父亲不过是河对岸的山，可望而不可即。安玛觉得像现在这样最好，就她和外婆、母亲、妹妹，一群女人生活在一起，自在又逍遥。父亲不在身边虽有些遗憾，但被父亲管束也不一定就是好事，后院的小小菊就时常被她父亲胡裁缝扇大耳刮子，半边脸经常红着，有隐隐的指头印。

胡裁缝家就在供销社的后院。那是一个令安玛无比向往的地方。

胡家小院有也萨镇上其他人家所不能比的整洁和雅致。院里用三合土捶地，就是下雨天也照样平整光洁。院子四周种满了桃树、李树，绿荫环抱。每到春日，这里总是花红柳绿，流淌着令人陶醉的诗意。他家屋檐下还有两个大大的燕子窝，收容着那些南来北往的燕子家族。安玛经常站在胡家屋檐下，痴痴地仰望燕子做窝的情景。和供销社楼上那些拥挤的屋子相比，这里让幼年的安玛羡慕不已。

胡辛站在木格窗棂后，脖子上挂着长长的皮尺，手中挥舞着剪刀，嚓嚓嚓地把那些蓝卡其、灰卡其或者花布剪成大大小小的布片，再交给坐在缝纫机后面的妻子，将它们做成衣服、裤子，一排排高高地挂在壁上，十分引人注目。

胡家六个小孩身上穿的，自然就是让也萨人羡慕不已的制服了。那种整洁和清爽，就是供销社同志家的娃娃也望尘莫及。安玛经常穿的就是一件分辨不出花色的灰白衣衫，脚上趿一双断襻的凉鞋，踢里踏拉的。胡家的二女儿小小菊穿的则是一件豹子花色的衬衫，上面钉着白色的玻璃扣子，连她身上背着的那个一岁多点的男孩，都一本正经地穿着件灰卡其的小制服，像城里人的娃娃。

有时安玛倚在自家窗口，能遥遥地听见胡家小院里传来的缝纫机的声音，她开始在脑海里编织些迷人的图景。安玛想象自己也有一件小小菊身上的衬衫，或者有一件蓝卡其的制服也不错。

安玛有些忧伤，胡裁缝为什么不是我爸爸呢？如果我有那样一个有本事的爸爸，就算偶尔挨他几个耳刮子又有什么关系！

胡辛除了是个手艺不错的裁缝，还是个漂亮的男人。这一点是镇上的男人女人公认的。安玛不止一次地听到那些吵嘴的大人提到胡辛的名字，女人指责男人时说："你看人家胡裁缝，要模样有模样，要本事有本事。你有什么！"男人则嘲讽女人："胡裁缝再漂亮再有本事，关你屁事！你想嫁他也晚了，自己撒泡尿照照吧，他看得上你才怪呢！”

在安玛成长的季节，胡辛无意中成了她的偶像。

胡辛和镇上那些满口黄牙、一脸猥琐的男人不同，他白净儒雅，身板笔直，一头略微卷曲的黑发优雅地搭在额头。一身永远整洁的卡其布便服，让他看起来像一位教师。

可是，胡辛的妻子却是一个很丑的女人，连安玛都隐约觉得她配不上胡辛。

当一个漂亮女人嫁了个丑男人时，大人会说，可惜一朵鲜花插在牛粪上了！而一个漂亮的男人娶了个丑女人，真不知道大人会用什么样的词语来形容。

胡辛的妻子，小小菊的妈是个典型的乡下女人。一家人只有她和小小菊的奶奶不穿制服，而是穿蓝阴丹士林的大襟衣，头上包着白布帕子。略显肥胖的身子使她看起来像棉花包似的浑圆，五官也团团的很死板，一点不生动。一天到晚，她就知道坐在窗棂后面踩踏板。安玛时常想，她其实也算不上很丑，只是和胡辛站到一起，就不般配了，不像他的妻子，倒很像他的妈，或者他的婶子。

胡辛的女人应该是什么样子呢？安玛觉得她应该白净漂亮，梳着长长的辫子，穿着白底碎花的衣服，笑起来露出一口洁白如玉的牙。那样的女人才配得上胡辛的风度。而小小菊的妈妈那一口烟熏火燎的牙，看了就让人败兴。

小小菊的奶奶是个干瘦而又威严的小脚老太太。她喜欢穿一身黑衣，戴一顶黑平绒小帽，拄着拐杖立在小院里，细细地审视每一个到她家来的人。她的脸虽然皱纹重重，但是依稀还能看得出曾经的风采。从那上面能寻到某种和胡辛相似的痕迹。安玛很怕这个老太太，不敢和她对视。很多年后安玛都弄不明白，这样一个不俗的老太太，为什么给自己漂亮的独生儿子娶一个面目丑陋的女人？这个问题让安玛琢磨了很久。她觉得在胡辛、老太太和胡辛的妻子之间，一定有过些什么不动声色地发生过。

岁月不会像清风过窗那样流走，时光的沙尘一定遮蔽了某些东西。胡辛和这女人竟然生下了六个孩子。

不能下楼的时候，安玛就托着下巴远远地凝望胡家桃李丰盈的小院，心里充满了温馨和热望。

安玛的沉思被阿莉的到来打破了。

夏天到来时，嘴馋的阿莉总是牵挂着胡家那一院果香，总要想方设法地偷几个来解馋。阿莉顺着长长的石阶爬上供销社的楼，从口袋里掏出个桃子递给安玛：“快吃吧，我专门给你留的。”安玛说：“你又去偷胡家的桃了？你就不怕胡奶奶用拐杖打你！”阿莉又从口袋里摸出个桃，在裤子上随便擦擦，咔嚓咬了一大口，含混不清地说：“我有那么憨吗，我是趁她打瞌睡的时候悄悄摘了几个。再说她的小脚是追不上我的。”

安玛看见她手里的桃上有一条疤痕样的印记，诧异地说：“这个桃是烂的？里面有虫，我不敢吃。”阿莉凑过来看看说:“这是月亮划的痕，这种桃最甜了。要是大萍我还舍不得给她呢。她有一个花布做的鸡毛毽子，也不分我踢。以后我不理她了。”

安玛不能不佩服阿莉，她总有那么多别人不知道的知识。她们倚在阶沿上吃桃，阿莉凑到安玛耳边神秘地问:“你知道大萍的爸爸是谁吗?”

安玛说:“他不是在城里工作吗?他来也萨我见过的。”

“我说的是她亲爸爸。”

安玛这才想起关于大萍是私生子的话题来，摇摇头说:“我不知道。”

阿莉说:“我告诉你，你可不要跟别人说啊，胡裁缝就是大萍的亲爸。”说这话时，阿莉眼里溢满了对自己无所不知的快乐和得意。

安玛的眼睛瞪得大大的，桃子在她嘴里鼓鼓囊囊的，忘了咽下去。她不相信地眨眨眼睛:“他怎么会是大萍的爸爸呢?你乱说。”阿莉不高兴地说:“全也萨的人都这么说，都说大萍和胡裁缝像一个模子里倒出来的。大萍城里的爸爸你是见过的，塌鼻子小眼睛，大萍和他一点都不像。我听大人说，大萍她妈是怀了大萍才嫁给她现在的爸爸的。人家说她爸爸是个戴绿帽子的乌龟。”阿莉开心地笑起来，用手比了个乌龟爬行的动作。

阿莉像个无所不知的小女巫，把小镇上男人女人的故事生动地复述给安玛听，把安玛从蒙昧无知的状态中一点点地引导出来。

大萍的妈妈罗秀英，长得并不漂亮。一张瘦长的脸，一双微微眯着的细眼。唯一生动的是在肩上摇来晃去的两条大辫子。后来安玛看了一本名叫《林海雪原》的小说，总是很自然地把蝴蝶迷的形象和罗秀英联系起来。她觉得蝴蝶迷一定是长着和罗秀英一样的长脸和细眼。但安玛从来不敢把这个想法告诉别人，主要是怕大萍知道了生气。蝴蝶迷毕竟是个女土匪。

罗秀英的两条长辫子在镇上是有名的，男人喜欢被她的长辫子甩到的感觉。罗秀英还会抽烟，这在小镇上也是独一无二的。她只要把烟叼在嘴上，自会有人主动给她划火柴。安玛经常见到她叼着烟，东家出西家进地到处串门。总之，罗秀英是个很随和的女人，在镇上人缘很不错，大家都亲热地叫她罗大姐。男人们则喜欢和她开些不咸不淡的玩笑。

不过，她和胡裁缝的事安玛还是头一回听说。意外之余她觉得胡裁缝真是没眼力，先娶了一个丑陋的女人做老婆，现在又和罗秀英有私情。这个外表漂亮的男人，眼光一点都不漂亮。

安玛咽下嘴里的桃子，关心地问："大萍知不知道胡裁缝是她亲爸?"

阿莉撇撇嘴说："也萨人都知道，她应该也知道的。只是装作不知道罢了。你想想，别人都只有一个爸爸，她有两个，也不是什么好事情。"

安玛似懂非懂地点点头。她心想，一个人有两个爸爸有什么不好？说不定两个爸爸都爱她，想着她呢。不过她不敢说出来，怕阿莉笑她傻。

正说着话，罗秀英从胡家小院出来，两条辫子晃晃悠悠的。阿莉神秘地对安玛努努嘴："看见没有，她去胡家了。"

罗秀英上楼来，对两个小孩抖抖手里的东西，气愤地说："你们看看，给大萍做条裤子收我两块，比城里还贵。还连大点的布头都不剩，只剩些碎条条，补衣服都用不成。啧啧啧，真是活抢人啊！"

阿莉笑嘻嘻地说："他家小娃娃穿的衣服都是用布头拼的，像地图一样。他家还用碎布拼垫子卖，一块钱一个。"

罗秀英说："对呀，都是克扣布料来的，心太黑了。下回我进城做去。"说着骂骂咧咧地走了。

安玛惊诧地凑在阿莉耳边说："胡裁缝给大萍做条裤子也收钱？他难道不知道大萍是他女儿？"

阿莉说："谁知道他们是怎么回事？反正大人的事挺烦人的，我也说不清。咱们还是下楼抓子子宝玩去吧，瞎操心做什么！"

这一夜安玛睡得不太安稳，稀奇古怪的念头追着她不放。

她梦见自己也有两个爸爸，从没见过面的新爸爸长得白净文雅，很慈爱地把安玛揽进怀里，还给了她几个热气腾腾的大包子。一转身，新爸爸却变成了胡裁缝的模样，对她伸着手说："拿钱来，做一条裤子两块，人人都一样。"

安玛涨红了脸说："我没有钱，真的没有……"

半夜，供销社楼上的人被一阵急促的哨音从梦中惊醒。一个女人在楼下吆喝道："起来，起来，开会，开紧急会议！快点啊，传达最新指示！"

哨音在寂静的夜里尖锐刺耳地炸响。安玛几乎和母亲同时从床上爬起来，母亲反身推她一把说："你睡你的，大人开会关你什么事！"

安玛却从母亲身旁钻下床，说："我睡不着，我也要去开会。"

一楼人睡眼惺忪地下楼，来到平日开会的土台子下。吹哨子的女人用电筒晃着他们的脸，笑得前仰后合，笑够了又指着台下说："快站好，站好，马上就要传达最新指示了。"

大家终于认出，站在台上的是镇上的疯女人大白花。

大白花的未婚夫参军到昆明，一去不复返，听说早已经在那里娶妻生子、安家立业，从此大白花就疯了。她是文疯，平日只是坐在自家门口数手指头，算着未婚夫回来的日子，嘀嘀咕咕地和想象中的男人说心里话，不打人也不骂人，今晚却不知是怎么了。供销社的人在台下哭笑不得地看着她，四下里的电筒光闪来闪去。

安玛拽着妈妈的衣角，怪有兴趣地看大白花在台上跳舞。

大人们哈欠连天地骂着该死的大白花，把别人的好梦都给搅了，明天还要起早上班。妈妈拉着安玛往回走，抱怨说："让你别来还不听，白白挨冻！"

安玛钻进被窝不一会儿，楼下又传来一阵喧哗。她挣扎着要起来，母亲把她塞回被窝骂道："老老实实睡你的，再起来非感冒不可！”

第二天安玛才知道，自己错过了一次看戏的机会。

被大白花骗起来的人们心里有气，睡不着，约着到饭馆去，想撬开炉火炒个菜，喝几口酒打发时光。反正饭馆也是供销社开的，都是一家人。没想到歪打正着，在厨师小郭子的房间里抓了一对偷情的鸳鸯。小郭子和大凤正在床上扑腾，就被一帮人的敲门声给吓瘫了。大凤衣服都来不及穿，被小郭子推下床，用个大笸箩罩在屋角，小郭子哆哆嗦嗦去开门。那些被大白花戏弄了半天正没地方出气的人们，很快就从床上的凌乱、来不及藏好的女人衣物和笸箩下面的动静中发现了破绽，上演了一场捉奸的闹剧。

很多天，镇上的人都沉浸在一种莫名的兴奋里。

第二天，阿莉见了安玛和大萍，神秘地凑在她们耳边说：“小郭子和母猪的姐姐搞腐化啊，被人家抓住的时候连裤子都没有穿，两个人全都光着屁股，好玩死了！”

安玛说：“我知道，我听见楼下面闹哄哄的。”

大萍说：“我也听到了，我妈不让我起来。”

阿莉有些失望，换了个话题：“有件事你们总不会知道，母猪姐姐家的富贵，不是他爹的种，人家说是小郭子的种。你们不知道吧？”

这件事安玛和大萍还真不知道，阿莉终于得意地笑了。

流　云

也萨的春天，涌动着潮水一般的流云。

那是怎样的云啊，整个春季它都以无与伦比的美令人着迷。安玛常常独自一人坐在供销社楼前的土台子上，呆呆地看着天上的云出神。

住在供销社后山腰的有云儿，抬着一盆衣服下河沟去洗。她从台子前走过，好奇地问:“安玛，你在看什么？天上有什么稀奇的东西好看，不怕把脖子仰成‘望天巴’！”

安玛依旧看着天说:“你才是望天巴。”

有云儿换了个话题:“安玛，你看看我今天这件衣服好不好看？卫生所的张医生送我的，才洗过两次，差不多是新的。”她今天穿了件蓝花衬衣，上面钉着几枚好看的玻璃扣子。偏偏安玛没兴趣，让有云儿很生气，“这个女娃子疯了，好好的人不看，偏要看天上的云？”

几个蹲在台子侧面抽烟的男人嬉皮笑脸地说:“我们想看，你过来让我们好好看看。”有云儿瞪他们一眼，头也不回地走了。她的衣服其实很好看，只是安玛没有兴趣。那几个男人追逐着她的背影，不知说了些什么，低低地笑成一片。

安玛的心已经飞到云海中去了，她多想自己也是一朵云，自由自在。

直到美儿来拽她的衣袖。美儿比安玛大几岁，个子却和安玛差不多高。她家在供销社的石阶下面，那破草房几乎是“蹲”在供销社楼下。安玛每天上下楼都能俯视她家的屋顶，从小窗洞里偷听里面的动静。阿莉和大萍不太喜欢和美儿玩，嫌她家穷，还有一个瘫痪在床的妈。屋子里黑得吓人不说，一年四季还弥漫一股呛人的怪味。

有一次安玛被美儿拉进屋去，半天才看清靠墙有一张床，正中的地上立着火炉，墙角胡乱放着锅碗瓢盆。床上有一堆破棉絮蠕动着，里面一个古怪的声音说：“美儿，你带哪个来？他们是不是叫我瘫子？”安玛被吓得不敢说话。美儿嗔怪她妈说：“好不容易有人来玩，你不要乱说话，吓着人家。”那女人就没动静了，可安玛总感觉有一双眼睛从棉絮中绿莹莹地盯着她，心里怪发毛的。以后安玛就不大敢去美儿家玩了。

美儿拉拉她的衣袖，“安玛，我要去割猪草了，你去不去？”

安玛忙跳起来说：“去去去！”

安玛喜欢和美儿玩，美儿可以带她去山坡上找猪草，还能教她认那些名目繁多的野草野菜。安玛喜欢光着脚踩在褐色土地上的感觉，在山坡上一寸寸地探寻，春天总会给她意想不到的惊喜。

美儿并没有安玛这么轻松。美儿的篾箩比她高，手上还要提一个硕大的竹篮，不时拔一把猪草装进去，也装进许多小女孩的艰辛。

在美儿的指点下，安玛很快熟悉了那些野草的名字：婆婆丁、奶浆菜、灯笼草，都是猪爱吃的。安玛最想找的是一种叫茅针的草。那是从绿草的茎中新冒出来的毛茸茸的芯，极嫩极甜，带了大地泥土的芳香。美儿告诉她，茅针吃下去人会长得快、长得美，这是春天的精华。于是安玛迷了心似的跟在美儿身后漫山遍野地转悠，在那些刚冒出来的绿草间费尽心思地寻。

那一年的茅针格外难找寻，只有草茎泛着青绿的光。

美儿伏在地上，专注地拨弄草丛。她极短的衣袖下露出一道道凸起的伤痕，很是触目惊心。安玛吓了一跳，小心地按了一下，美儿冷不防叫出声来，扯扯衣袖想盖住。

美儿说："这是鬼打的。"

"啊？鬼打的？"安玛大惊失色。

美儿家的破草房每晚都有吵闹声传出来，想想是有些鬼气。安玛小心翼翼地说："鬼打你，驴子不保护你？"美儿摇摇头。

"那么牛儿呢？也不帮你？"美儿仍旧摇头。

"还有马儿呢？也不管你？"

美儿竟然像个大人那样深重地长叹一口气。安玛觉得，那一刻美儿像一个饱经风霜的老妇人，有些像阿莉的妈妈，那个会跳大神的三婆。可她只是一个十四岁的孩子。

美儿有三个用驴、马、牛随便命名的哥哥，一个比一个彪悍，像三匹随时准备驾辕拉车的牲口。后山腰的有云儿从街上云一样地飘过时，他们便会立在路旁，全神贯注地用贪婪的目光盯住她。若能逮空子在她身上摸一把，长长的夜里他们就有了消遣寂寞的最好话题。有时安玛夜里下楼来上厕所，便会听见美儿家的小窗洞里飞出一串令人毛骨悚然的笑声，吓得安玛几步就逃上楼去。

流云把美儿的脸映得很苍白。

安玛卖力地举着镰刀帮美儿割猪草。安玛已经能分清一些野菜了，灯笼草有一串小灯笼似的叶片，奶浆菜掐一把能挤出白浆子，还有鹅掌草、酸浆草之类。它们有野性的美。美儿却望着成堆的猪草发呆，它们并没有给她安慰。

美儿突然问了个让安玛猝不及防的问题："安玛，你将来想不想嫁人?"

安玛的脸唰地红了，她说："你才要嫁人呢!"

美儿没有生气，喃喃道："我不想嫁人，妈妈瘫在床上，我嫁了人她怎么办？我真的不想嫁人。"她并不是在说笑，这让安玛紧张起来。

"可是我哥他们想娶媳妇都快想疯了。我家又穷……"

美儿边说边用镰刀狠狠地挖地，把那些野菜挖得稀烂。流云在她清亮的眸子里一朵朵地飘过，安玛看得呆了。

过了些日子，就在安玛快要把美儿的话忘记了的时候，却传来了美儿要嫁人的消息。

那天清晨有雾，让一切看起来都不太真实。所以，过了好久，安玛都在想关于美儿的一切，是不是真的只是一个梦？

早上，美儿家草房前围了些看热闹的人，供销社的人站在石阶上看。安玛起得晚，等她听到消息时，美儿已经被她那三个哥哥拖到门边了。美儿拼了命地挣扎、叫喊：“爹啊妈啊，你们好狠心！美儿还小，我不嫁人，求求你们！”

一个三十多岁的山里男人，穿着新衣，站在她家窗下，若无其事地往墙上抹鼻涕。美儿的妈在屋里发出惨烈的哭叫声，却没有人理她。

美儿的爹提着捆牛的绳子，看热闹的人说：“不懂事的女娃，男大当婚女大当嫁，天经地义。我家还有三个儿子等着娶媳妇呢！”

人们只是看热闹，没有人管他家的事。

安玛心里害怕，女孩子嫁人这么恐怖吗？跟拉牛上杀场似的。美儿的哭喊声在她耳边久久萦回，不肯散去。她躲在人群后偷看无助的美儿，又怕被美儿看见自己，躲躲藏藏，倒像是她把美儿给卖了。

美儿终究被三个牲口般强壮的哥哥弄出门了，老鹰揪小鸡似的把她架到一匹栗色的乌蒙马上，怕她不老实，还从她爹手里接过绳子，把美儿绑了。那个山里男人牵着马走在前面，间或往衣襟上抹鼻涕。看热闹的人里，也有人冷悠悠地虚劝几句，便也叹息着散去。

美儿就这样消失在春天的薄雾里，像一片流云，被风吹得无影无踪。安玛心里有种说不出的怅然。

后来安玛看见美儿的爹在门前扫地，就悄悄从楼上吐下去一口口水，不等口水落到美儿爹的头上，她早已经跑回屋躲起来了。

美儿嫁人后，每天晚上都能听到她妈妈瘆人的叫声，一声声只叫美儿的名字。不等春天结束，她就死了。在供销社楼上住的人，好些日子都不敢在晚上下来上厕所。

春天以委顿的神色从安玛眼中滑过。她又开始一个人长久地坐在台子上看云。美儿苍白的面孔总是固执地从云层中挣扎浮现，好像要对她诉说什么。

美儿想说些什么？这是安玛猜了许久也猜不透的谜。

夏季是裹着热风不经意间来临的。

有云儿是小镇上一朵特别的云。她和母亲住在后山腰的棚子里，从那里可以俯瞰也萨的全部风景。夏日来临，她便换上件白底碎花的旧衬衣、一条打了补丁的灰布阔腿裤，乌黑的长发用小手巾随意拢在背后。她每天都要在镇上的长街上逛上一趟，说是消消暑气。

但在镇上女人的眼里，她却是一个浪荡的妖精，女人们都说，有云儿知道每个窗户后面都有男人充血的眼睛追随她。那些女人把她的背影剜得千疮百孔。她才不在乎。

夏天的第一阵热浪滚过，小河边洗衣服的女人多得数不清，叽叽喳喳像山雀般热闹。岸边有一株孤零零的石榴树，开着热烈的红花。有时候，安玛也来洗衣服，衣服洗好晾在石头上，人就卧在石榴树下乘凉，很惬意。安玛仰着脸看天，云很低很柔。

有云儿也来洗衣服。她一来，刚才还叽叽喳喳的女人们立刻害了哑病，挤眉弄眼挪到上游去，还故意把水搅浑。有云儿丝毫不在意，只是低头搓洗着一堆缀满补丁的衣服。

“小安玛，帮我把衣服拧干。”

“小安玛，帮我把衣服晾到树上去。”

她那么自然地指挥安玛，像是使唤仆人。可是安玛愿意被她使唤，安玛把有云儿递来的那些看不出颜色的衣服，想象成童话中仙女的礼服。

阳光下，有云儿的脸白嫩中透着粉红，一层细细的绒毛。她像个水蜜桃，安玛听几个过路的小伙子这么说。

天热得像蒸笼，正午的河边人迹稀少。上游的女人们跑回家躲阴凉去了，只有几只狗在闲逛。有云儿四下张望一番，对安玛说：“你看着路边，有人来了叫一声。我要洗洗澡，这天当真热死人！”

安玛有些惊讶她的大胆，又有些好奇，便点点头。

有云儿麻利地动手脱去衣物，她的大胆倒叫安玛有些难为情。头一回这样看一个成熟女人的身体，安玛手足无措，把头藏在石榴花丛中。那些火红的石榴花热烈地拥抱阳光，小小的茄形骨朵逐渐翻红，从顶端裂为四瓣。石榴花是夏天火热的心脏。

安玛攀住树干，从石榴花的火焰里望出去。清澈的河水中，一条白净光滑的“鱼儿”在扑腾嬉戏。有云儿慢慢撩水，让水从肩上晶莹地流下，她像白天鹅，在无人的深潭引颈自怜。造物主竟把如此光华赐给一个山野间生长的女人！

安玛痴迷地望着河中的有云儿，感觉自己也在像树一样抽枝拔节。她真希望自己能快快长大，长得像有云儿一样美丽。

安玛摘了一朵石榴花，给有云儿插在发间，有云儿越发动人了。有云儿拍拍安玛的脑袋说："女人就应该像女人的样，别像那些黄脸婆，嫁了人就把自己糟践得不成个样子。你可要记住哦！"

安玛似懂非懂地点头。

晚上镇上有演出。全也萨的人都来土台子下看戏。看过几十遍的节目，人们的兴趣和热情也丝毫不减。晚上的日子实在是太寂寞。看镇上的红卫兵，还有学校的老师们联合编排的舞蹈、独唱、快板打发时间，都是熟人，看起来很亲切。

安玛和阿莉、大萍几个早早地就在人堆里挤。汽灯的光把台下照得一片通明，大家都等着演出开始。大白花自然不会放过这个凑热闹的机会，在人群里兴奋地乱转。有人怂恿她上台去跳一个，她翻翻白眼骂了句脏话，引起一片笑声。男人蹭蹭女人的背，女人掐一把男人的手，到处都有人在低声而欢快地叫着，乱哄哄的气氛让人心动无比。安玛恨不得天天晚上都有演出，那多幸福啊！比守在家里听外婆吸水烟袋有趣多了。

安玛看见有云儿也在人群中，头发上还插着白天自己送给她的石榴花。阿莉也看到了，捅捅安玛的腰，掐掐大萍的背，把头凑到一处神秘地说："你们知道不，有云儿跟好多男人睡过觉啊，大人都说她是破草鞋，人人都可以穿。”

大萍说：“我妈说不准我跟她玩，不准学她走路的样子，她会教坏小姑娘的。”

安玛不喜欢听诋毁有云儿的话，她觉得自己和有云儿之间似乎有了某种秘密的约定。她辩解说：“那是她长得漂亮！那些演节目的人还没有她长得好呢！她脱了衣服更漂亮呢。”

阿莉一听，不由皱眉看看安玛，惊讶地说：“你怎么会知道？”

安玛知道说错话了，支吾着：“她在河边洗澡，她叫我帮她看着人……”

阿莉和大萍连看节目的兴趣都没有了，一边一个拽着安玛退到人群后，要听她细说看有云儿洗澡的事。阿莉不相信地说：“她竟然在河里洗澡？”大萍做出很正经的样子往下呸了一口：“真不要脸！”

安玛不知道说什么才好，她没觉得有云儿不要脸。她这么想，可是不敢说出来，怕阿莉她们也说她不要脸。在安玛的经验中，说人不要脸是很重的话，都是和下流的事有关系。她不敢不要脸。

可是阿莉很快忘记了不要脸的话题，追着问安玛：“你看见有云儿的奶子了吗？大不大？我听街上的男人说，她的奶子有小碗那么大呢！”

安玛说：“我没看清楚。”

阿莉有些失望，又问：“那么她的屁股呢，是不是也很大？我听我妈说，和男人睡过觉的女人，屁股会变大的。只有青头姑娘的屁股，才会紧绷绷地收着，不信你看我的。”她扭过身让安玛她们看，像只小母鸡一样原地转了两圈。又要看安玛和大萍的屁股，三个人闹成一团，倒忘记了追问有云儿洗澡的事。

台上传来学校小李老师独唱的声音，不用猜也知道是那首：“天上布满星，月牙儿亮晶晶，生产队里开大会，诉苦把冤申……”她永远是声情并茂的，脸上的雀斑在汽灯的照耀下显现出斑斓的色彩。

等她们几个转回台下，却马上发现台子边的气氛有些不对劲了。观众不知何时少了一些，只剩下些老人和娃娃守着看演出，夜风中有令人惊悸的气息。小河边的方向传来些声音，手电筒的光在闪烁。

三个女孩都是爱赶热闹的人，但在平时她们是没有胆量夜晚去小河边玩的。今晚人多，有事，又没有大人管，就跟着声音和手电光追了过去。三个人牵着手，又惊又喜，一种冒险的快乐在心里荡漾。小河边果真比看戏还热闹，先赶到的男人从石榴树下拖出一对纠缠不清的野鸳鸯，两团白生生的影子在手电光下变幻出让人心惊肉跳的效果。一些人兴奋地喊着“捉奸”“捉奸”，女人在人缝间惊恐地寻找自家男人。

安玛她们跟在人群后，惊恐不安地等待着结果。身边的大人眼里闪动着绿莹莹的光，有人发出沉重的喘息声，空气中弥漫着古怪的气息。安玛原来觉得，看节目就是最幸福的事，可是在大人那里，捉奸的乐趣竟然超过了看节目的快乐。

安玛看见一件白底碎花的衬衣，被许多人的脚踩得污迹斑斑，那是她熟悉的花色。是的，是穿在有云儿身上的衣服。那么优雅的有云儿，现在却像一只猫一般蜷缩成一团。人们终于有了一个理由，把手电光肆无忌惮地射到她裸露的身子上。她像一条困在河滩的鱼，在人们贪婪的目光里挣扎。

有人兴奋地喊着："捆了游街去。别轻饶了奸夫淫妇!"

有人小声说："可惜了是夜里，若是白天才更好看呢!"

女人们乱了半天，看清奸夫是河南派来镇上买木料的客商后，悄悄松了口气。只要跟自家男人不沾边就好。女人们舒口气，站到一边，远远地吐口水，说教坏乡亲、败坏门风，把好好的男人都勾引坏了！她们齐心合力。

有人拨开安玛她们的脑袋说："小娃娃家家的，这种事偷看了会生针眼，一边去，一边去!"

有女人扯长声说："让这些娃娃看看也好，从小知道个好坏，知道点羞耻!"

安玛看见地上的那朵石榴花，孤零零的火苗在燃烧。安玛捡起来看了一会儿，一扬手把它抛到水中。安玛心里有些惆怅，毕竟她曾经看见过这朵花最美丽灿烂的瞬间。

那天晚上有云儿被拉去游街了，用绳子捆着，没有穿衣服。在镇中间的长街上来回游了一趟。安玛她们被人流冲得东倒西歪，没有跟上游街的队伍，只是站在台子上远远地看，那些手电光鬼火一样闪烁。河南客商不等第二天天亮就悄悄离开也萨，再也没有回来，连放在旅馆里的衣物都来不及收拾。仿佛从来没有过这么个人，通奸的事只是有云儿一个人做下的。

这件事让也萨的男男女女们兴奋了好些日子。

这期间安玛还看到了很多人和事，其中一件是美儿回娘家了。

早晨安玛正要下楼，看见美儿家屋里出来个小妇人，头上包着结了婚的女人才包的青布帕子，胸前系着蓝布围腰，手里提了笤帚。安玛的心跳起来，这不是美儿吗？可是又觉得这是一个让她感到陌生的女人。安玛没有勇气下楼了，呆呆地看着美儿扫地的身影，直到美儿抬头看见她。两个人就这么远远地对看了好一阵。最后是美儿对她招招手，她才磨磨蹭蹭地下楼来。美儿从怀里掏出个十字线绣的香包：“这是我端午节的时候绣的，给你留着呢。”小香包是红布的，绣得很精致，里面装了香料，有一股幽幽的香气透出来。

安玛拿到鼻子边使劲嗅了嗅说：“好香啊！”

美儿笑了，安玛从她的笑容里找回了一些记忆。这才是那个带着她漫山遍野找猪草的美儿，那个手巧、勤快的美儿。

可是，美儿这身小媳妇的打扮，还是让安玛感到有些陌生。

第二天早上安玛拿着手绢下楼来找美儿的时候，她已经回去了。美儿的哥哥见安玛探头探脑地往屋里看，怪笑着说：“看什么？进来和我说说话，我有好东西给你看。”

安玛呸一声，吐了口口水，转身跑了。

有云儿重新出现在台子边，是一个月以后的事。她的出现让安玛吃了一惊。那天安玛和大萍坐在台子边，正用线翻花绷绷玩，突然有云儿就站在她们身后了，嘴里嗑着瓜子说："我来教你们玩，我会翻好多种花样呢。"

两个女孩愣住了，呆呆地看着她。想起那个夜晚曾经见过她的身体，脸红起来。大萍收起线说："呀，我听见我妈叫我吃饭呢。"跳下台子一溜烟跑了。安玛来不及有行动，就听有云儿骂了句："小妖精，怕我吃了你？"她把瓜子壳吐了一地，挑衅地看着过往的人。

有云儿回头看看安玛说："你怎么不跑？不怕我吃了你？"

安玛说："你又不是妖精，怎么吃得了我？"

有云儿这才笑了："对了，人人都说我是妖精，只有你说我不是。小安玛，你仔细看看，我还有过去好看吗？"她偏过脸让安玛看她。

安玛那么近地看着她的脸，白净细嫩，有一层细细的绒毛。她的脸真的像极了一颗饱含水分的水蜜桃。那场劫难对面前这个女人来说，似乎并没有造成致命的伤害，她像地上的一蓬草，被践踏过后，沾着地气，吸点露水，晒晒阳光，又活过来了。

安玛认真地说："你真好看，像过去一样好看。"

有云儿有些惊喜："真的？你不是在骗我，用好话哄我吧？"

安玛说："我没有骗你。我从来不骗人。"

有云儿摸摸自己的脸，得意地说："这样我就放心了。我就是要出来让他们看看，我还是我，我要好好地活给他们看！”

后来安玛进城后，看过好多遍京剧《红色娘子军》。她特别喜欢吴琼花那句唱：“咬牙关，挺胸站，打不死的吴琼花，我还活在人间。”听着听着，有云儿的脸会不合时宜地跳出来，让她出现短暂的混乱。

那个夏天，安玛过得很惶惑。有云儿像舞台上的角儿，不断地在她眼前上演生动的戏剧。就像天上的流云，总会变幻出意想不到的图景，让她眼花缭乱。

来苏尔

安玛终于有了一个可以称得上家的地方。

小妹妹出生后，母亲从老家接来了外婆帮着带孩子。正好卫生院在街对面新修了一栋白色的两层小楼，供销社后侧那栋土墙的老房子就空出来一半，北面的两间依旧做病房。母亲借了南面的两间屋子，外婆和安玛就在那里安身。这两间屋子是个小套间，原来是药房，现在也还有淡淡的药味、来苏尔味，丝丝缕缕萦绕不去，仿佛很深的地下埋了一个大药袋子，不断往外透出药的气息。安玛很喜欢这种神秘的味道，常常绕着屋子像老鼠一样到处嗅着，希望发现几粒医院搬家时掉下的药片。外婆呼呼地抽着水烟袋，好笑地望着她：“这个鬼姑娘在转经呢？就不能好好地待上一会儿！”

外婆的水烟袋是铜做的，被光阴摩挲得光可鉴人。

没事的时候外婆的消遣就是抽上一袋烟，目光穿过迷蒙的烟雾，不知道在想什么。安玛偷偷看外婆的脸和她那身蓝阴丹士林的长衫，不敢说话。

安玛多了一项工作，到外面玩总要给外婆捡几个烟头回来，阿莉和大萍见了地上的烟头也会帮她捡了留着。外婆把那些烟头剥开揉松，再滴上几滴菜籽油，那些原本乱蓬蓬的烟丝就会变得柔顺光润，发出一股淡淡的清香。外婆很珍惜地用纸包好，每回抓上一小撮按到烟嘴里，点上火呼噜呼噜地吸。现在屋子里除了药味，还多了股烟的气息。

秋天悄悄地来了。安玛不明白世界是怎样从夏的火热情怀中挣脱出来的，头晚站在院里，还只见漫山遍野的绿在流淌，一眨眼，一推窗，便有淡淡的嫩黄挂在树梢。风也凉，云也淡。阳光在墙角被挤压成扁扁的光点，天空高远明净，过路的云像一朵朵棉花飘在头顶上。风里凉意渐浓。

母亲进城学习，安玛多了几分自由。

屋里有外婆和午饭在等着安玛，她惴惴地蹭到桌边，窥视着外婆的脸。几年前见外婆时，她的头发还是一片斑驳的杂色，这回来却只见一头如霜的白发，透出几分苍凉和陌生。一线阳光从门口跃上桌子，在碗筷间跳动。

一个女人的身影挡住了屋里的光线，“大妈，给我一碗水喝好吗？”

安玛抬头，看见一个穿蓝色衣服的女人倚在门边。

她的脸很清秀，像一株藤蔓缠在树干，恬静又温柔。外婆走近给她倒水时，安玛才看清女人的肚子圆圆地凸起，像一口倒扣的锅。女人一口气把碗里的水都喝下去。

秋天的阳光明亮，女人安静地坐在台阶上晒太阳，脸上一片金色。她双手交叉扣在肚子上，任阳光抚慰全身。她的身体沉浸在母性的柔波里。

云一样的女人。在春日汲取了足够的养分，正以无比的耐心等待着收获。

整个秋天安玛都在试图解开一些难解的谜。现在这个大肚子的女人吸引了她的目光。她怯怯地坐到女人身边，对她笑笑说："你是来住院的?"

女人也笑了："很快就要生了。"

女人骄傲地挺挺身子，指着小山一样的肚子。母亲生小妹妹时，安玛在县城医院的妇产科待过，没有留下什么好印象。她皱皱鼻子，用有几分同情还有几分老到的口气对女人说："生孩子一点都不好玩，会很疼的，刚生下的娃娃也难看死了!"

"是吗?你小小年纪怎么会知道?"

安玛笑笑不说话。女人望了她片刻，也笑了笑："我才不怕呢，是女人都要过这一关的。我们村里的女人在火塘边灶坑里都能生呢。我男人疼我，非要我来医院生，不然我也不想来的。"

女人突然愣了一下，一只手按住肚子，幸福地笑了："他在踢我啊，这个坏小子!他急着要出来呢，你来摸摸看。"

她掀起衣服，把安玛的手拉来贴在自己肚子上，要她感受一下这个即将出生的孩子。安玛真是激动，这个女人太慷慨了，居然和她分享这么大的秘密！再和阿莉她们一起玩，安玛可以很骄傲了吧，她们摸过一个女人的大肚子，摸过她没有出生的孩子吗？

安玛有些紧张，小心翼翼地抚摸着女人薄如蝉翼的肚子。苍白的皮肤似乎一弹就破，蓝色的经络像植物的根须一样爬满了她的肚子。一个光滑柔和的世界在安玛的掌中颤动，这就是生命的气息？像三月的春潮在原野上滚动，用生的希望和力度撞击着世界。真是个不安分的孩子，他每踢腾一下，都会在母亲脸上荡起一丝激动。这些蓝色的经络，养育着一个生命啊！

这一刻安玛觉得女人真是了不起。

安玛神秘地对女人说："我感觉是个男孩子在里面，很调皮的男孩子。"

女人兴奋地说："是吗？哦，我就希望头胎生一个男孩子，能顶门壮户。然后再生一个女孩子，就像你这么聪明漂亮的。"

女人脸上幸福的表情在安玛记忆中贮存了好久好久，原来秋天是做母亲的季节。向日葵的籽饱满结实，沉甸甸地压弯了腰，空气中有庄稼成熟的炸裂声。

秋天是让女人骄傲的季节。如果没有后来发生的事。

夜晚寂静，天空高远，明镜一般的秋月也带着几分冰凉。一声痛楚的号叫给秋夜增添了寒意。

外婆拉住安玛的手不许她出门："是女人都要过这一关的，要不怎么说儿的生日是娘的受难日呢！小娃娃家家的，不要去看，看了眼睛疼。"

安玛嘀嘀咕咕地说："可是这不像是生孩子，像是有人在用刀杀她啊！"

那是安玛有生以来听到过的最惨痛的号叫声，恐怖笼罩了夜色。安玛有一种受骗的感觉，如果那个女人肚子里装的是她的孩子，他为什么要如此折磨他的母亲，女人就要受这些苦难吗？

安玛紧紧伏在外婆怀里，外婆轻轻拍着她的背低语："不生孩子怎么能叫女人，我生了你妈、你大舅舅、小舅舅，你还有一个小姨，三岁多就死了……"

"外婆，我不要生孩子。"

"会过去的，会过去的，天亮就好了。"

惨叫声扯住了这个漫长的夜，外婆的怀抱是唯一安全的港湾，包裹着安玛惊恐的灵魂。

太阳依旧新鲜地照着大地。

当安玛终于从暗夜中挣扎着走进晨光之时，那个穿蓝衣的女人却不能再来台阶晒太阳，她已经永远地睡去了。她最后这段路一定走得很累，她的黑发如静静的流瀑倾泻在秋日的金光中，残留着噩梦的痕迹，衬得她面孔惨白。安玛牵着外婆的手，挤在大人们身后躲躲闪闪地看，眼里满是惊悸。女人乘着流云而去了。

女人的亲人哀痛地哭着，喊着。女人的丈夫蹲在地上哭。

女人的儿子也在哀哀地哭叫，果真是个男孩，嗓门大得令人惊叹，似乎是在用响亮的呼号宣告生命的诞生，也宣告着生命的结束。他的额头皱皱巴巴，还沾着些母体的血迹。母亲、孩子，在艳丽的秋阳中交臂错肩走向不同的旅程。人去屋空，安玛远远地看着对面那两间紧闭的病房，很久都不能忘记这个女人。

卫生院派人在屋子里洒了药水消毒，来苏尔的气味网一样罩住屋子的每一个角落。外婆关严了门还不停地打喷嚏，抱怨说这药水简直有脚，门缝里也能溜进来。只有安玛喜欢这种特殊的味道。

阿莉和大萍来找安玛玩，不肯走近，只远远地在外面叫。大萍问安玛："你们家住在卫生院，也不害怕?"

安玛说："我喜欢这种气味。"

阿莉神秘地说："你要小心那个生娃娃死的女人，我妈说她会变成鬼，在屋子里飘呀飘，她不甘心的。要是被她冲撞着，会生病。"

安玛说："我摸过她的肚子，那个娃娃在她肚子里动呢。"阿莉和大萍瞪大眼睛看着她。

安玛又说："真的，是她让我摸的。就像摸皮球一样，软软的，鼓鼓的。"

大萍惊叫起来："天哪，她摸过死人的肚皮！快走阿莉，鬼来啦!"

两个人瞄了安玛一眼，拉着手一溜烟跑得不见踪影。安玛追着她们说："你们别跑啊，我摸她肚子时她还活着。是她自己让我摸的。"

好几天她俩见了安玛都躲着她，用惴惴的目光远远地看。安玛要拉大萍的手，大萍一下子甩开，惶惶地说：“别碰我！”

那些日子安玛很孤独。

冬日的寒意从山的褶缝丝丝缕缕向小镇飘来，安玛难得老实地倚在窗前。那些云，陪伴她在困惑中度过无数个日子，牵着她的目光，一步步远离童年。

外婆不忍心看安玛像只病鸟似的发怔，总是赶她：“鬼姑娘，出去玩玩吧！娃娃家家的，会闷出病来的！”背过身去又嘀咕：“莫非这房子真有邪气？好好的娃娃怎么就变得无精打采的？看来是要竖筷子驱邪了！”

外婆竟然也有一套自己的“法术”，说着说着就抓起一把筷子，舀上一碗清水，作起法来。安玛知道接下来要用筷子在她身上打一遍，再念些奇怪的名字，如果念到某个名字时筷子恰好在碗中立住，就一定是冲撞了这个鬼，就要说些祷告的、央求的好话，再往碗中加点饭，做成鬼爱吃的“水饭”，泼到门外让过往的鬼怪们享用，嘴里念念有词：“东边来的东边去，西边来的西边去。呔……呔……呔……”

这些事只能趁母亲上班时做，如果被她看见，少不了要数落外婆一顿，还要塞一把药片到安玛嘴里，看着她吞下去。和吃药相比，安玛更喜欢外婆这种神神怪怪的方式，让她感觉到真的有一个神秘世界存在于她看不到的地方，有些来来往往的魂灵在空中飘浮。

一根筷子竟然真的在碗中站住了。一时间外婆的表情有些紧张，又有些释然，含含糊糊地说了一番话。安玛一句也听不懂，只知道是跟自己有关系的。

她追问外婆：“是什么鬼？男的还是女的？好不好玩？”

外婆瞪她一眼：“鬼姑娘，这种话不可以乱问的！”

外婆拿筷子在安玛身上拍打一遍，把碗中的水饭泼到门外，长舒一口气说：“好了好了，这回没有事了。神会保佑我外孙女平安无事的。”

安玛真的觉得比刚才清爽了许多。外婆推推她：“去玩吧，早点回来吃饭。黄昏时候少在外面转，那是鬼怪过路的时候，冲撞不得。”

安玛在台子下面发了一阵呆。突然想起很久没有见到有云儿了，就一个人来后山转悠。半山腰上，有云儿家的破草棚在阳光下闪着金光。站在这里可以俯视全也萨。小镇被山岭圈成环状，她家的草棚就成了山头的瞭望哨。正是夕阳燃烧着吻别大地的时刻，满山遍野都流淌着激情。有云儿家那个麦秸搭成的草棚，也在夕阳里燃烧着。

有云儿的妈，那个断腿女人拄着拐站在地里。她扯长声对安玛说：“女娃子，你站在那里傻看些什么？”

安玛被她的声音惊醒，不好意思地说：“我是来找有云儿玩的。”

女人撇撇嘴：“小婊子不知道去哪了，连个影子都没有。”

安玛早在也萨人的嘴里听过这个女人的故事：她只有一条腿，却偏要住在山腰上，带着唯一的女儿过日子。她没有丈夫，那个男人早早撇下她走了。那些不愿做她丈夫的男人却鲜活地活在这世上。所以她恨山下的人，尤其是男人。

安玛有些怕她，远远地瞄着她。断腿女人长得并不丑，从她丰润的嘴角和奋拉下来的眼皮上，还能依稀看出些年轻时的影子。岁月并不会把什么都带走，多少会留下点痕迹。但看看她菜色的脸就知道，这个草棚里只有一口残剩的冷粥和无数个孤苦的长夜。这样简陋的草棚竟然能养育出有云儿那样鲜活的生命。

安玛觉得这个女人的身上有一股神秘的气息。对着阳光看去，她看起来像个三只脚的怪物，破烂的布条在风中飘舞。

女人大声地对安玛说："小女娃子，你帮我去找有云儿来。我的话她当耳旁风，总要去和那些臭男人鬼混，吃亏上当都不回头，我看小婊子是猪油蒙心了！"

安玛看看山下，知道有云儿此时一定在小镇上，镇上的男人们被烈酒一样的她烧得晕晕乎乎，辨不清东西南北。对那些女人抛来的白眼，有云儿根本不在乎。

断腿女人的眼睛里竟然有忧伤。安玛倚在杏树上看着女人，女人跳着过来伸手摸摸安玛的脸，叹息说："好俊的女娃子，坯子好！不过做女人长得再俊，也是给男人准备的。你知道男人是什么东西吗？"

安玛想了想："男人不是东西，是人。抽烟，长胡子，上男厕所。"

女人笑了："你什么都懂啊！我告诉你，男人是狼、是虎、是兔子，女人是天上的云、地上的草、无根的水。"她对着夕阳叹气，好像是自己在跟自己说话。

安玛似懂非懂："你没有男人，对吗？"

“有，谁说我没有？”她急匆匆地说，“他每天都守着我呢，只不过你们看不见。”她对着晚霞喃喃自语：“我有男人，他是有云儿的爹，不是亲爹，这没人知道。她的亲爹早像兔子一样逃走了，他是城里人。我对他那么好，是块石头都该焐热了呀。可一听我怀了娃娃要嫁给他，他就害怕，丢下我逃回老家去了。那个不是爹的爹从被剿散的土匪队伍中跑回来，一看我肚子大了，说我是他的女人，不该怀野种。喝了一瓶闷酒，挥起他带回来的那把砍刀，咔嚓一声。”她嘴里发出一声切菜似的声音，晚霞在她瞳孔里燃起两朵火苗，“我的一条腿啊，就没有了。”

风中有长长的叹息声。女人眼中满是困惑。

“那血好红啊，喏，就像太阳流的血一样红。几十年了，怎么一到傍晚，就流个不停？还不把人给流干了，流空了？”

安玛呆呆地望着她，不敢说话。山野间一片寂静，仿佛真有流血的声音从欲坠的金乌中传来。安玛就这么看着这个女巫样的老妇，对着残阳寻觅她十八年前丢失的断腿。安玛害怕了，想走，又忍不住往草棚里张望，里面空空的，只有一个破烂的铺盖卷，几个缺边的土巴碗。她有些失望地说：“你骗我，这里根本没有男人！”

断腿女人转过头嗔道：“谁说没有？小娃娃家家懂什么！”

她跳着进了棚子，弯腰掀开铺盖卷，用拐杖击打着地面神秘地说：“在这下面，他睡了十八年。”十八年在她嘴里只是咽口唾沫的工夫，“他被我的血吓死了。你说怪不怪，他敢对我动刀子，却不敢看血。他酒醒来看见一地血，以为我死了，就抱着我的那截断腿用刀抹了脖子。说到底他是个胆小的男人。土匪也有胆小的，这不笑死人吗?”她轻轻击打着地皮，咯咯地笑起来，好像在笑一件和自己不相干的事。慢慢地，她脸上溢起一片柔情，“他每晚都陪着我，连有云儿都不知道。我是有男人的，只是别人看不见。十八年了，再多的血也淡了，我一点都不恨他。你可不要告诉别人啊!”

安玛愣愣地点头。

天快黑了，云霞暗下去。想起外婆说过，黄昏时分是鬼怪过路的时刻，安玛心里发毛，想快步逃走。走出老远，还听见断腿女人的声音:“记住，不要和人说!”

回头望去，最后一丝夕阳中，断腿女人的身体，凝成一个模糊的剪影。方才还灿烂无比的云团，流泻下一片苍白。

安玛加快步子朝山下奔去。她忽然很想回到那间散发着来苏尔气味的房子里去。那里有外婆，有家。

纸房子

安玛六岁就上学了。妈妈说反正闲着也是闲着，整天瞎逛也不是个事，还不如交给老师，学点知识。

也萨只有一所学校，是小学，就在供销社的后面。原本应该是个漂亮的三合院，现在破败了，像个垂暮的老人。

居中是一幢气派的正屋，有两层楼高，两侧的厢房也是两层小楼，但是比正屋要低许多。中间有一块篮球场大小的空地。这里本来是住人的院子，听人说是一户陇姓大地主家的产业，后来做了学校。

地主是最容易让人产生警惕的。供销社有几个人是地主，妈妈曾指着生产门市部一个姓唐的老头的背影对安玛说："那个人是地主，躲着他点。他问你什么都不要理他。"

大萍的妈妈罗秀英家，据说也是地主，但是她抵死不承认。有一回安玛在办公室里看见罗秀英拍着巴掌对人说："我不是地主，我很小就出来参加革命工作了，我怎么会是地主呢？"她委屈极了，泪水一直在眼睛里闪动。

安玛听妈妈和小刘阿姨在宿舍议论说，罗秀英家里解放前是有土地的，不是地主就是富农。起码是地主的后代。

现在安玛就要在地主家留下的宅院里上学了。上学第一天她就对这座宅院产生了浓厚的兴趣。正屋是学校的办公室，门前有一排高大的廊柱，油漆已经斑驳脱落。下课时，安玛围着那些柱子来回转悠，嗅着上面的味道。那是一股陈旧而又带点幽香的气味。

小李老师从办公室的窗口伸出头，惊讶地叫着："安玛你干什么呢？你又不是小狗。"她的一条长辫子从窗口拖出来，脸上的雀斑碎芝麻似的跳动着。安玛说："这柱子是香的，好闻。"

"香的？你说这破柱子是香的？"

小李老师笑了，指着安玛声音尖尖地对屋里的老师们说：“你们快来看这个学生，太好玩了。”

大李老师伸头看看，也笑了，“这个安玛可有意思了，上我的第一节课她就要跑，说我的辫子不长。要教室里有两个老师，一个长辫子一个短辫子，还要一个男老师一个女老师，一起教她。那小脑袋精灵古怪的！”

办公室的老师都伸头看安玛，安玛害羞极了，装作更专心的样子，用指头抠着柱子上的裂纹。一些高年级学生也远远地看着她，几个调皮的小男生嗷嗷地怪叫着。安玛弯腰拾起泥块扔过去，他们叫得更响了。

大李老师和小李老师都是女老师，又姓一样的姓，学生只好给她们按身高分出大小。大李老师个子高些，辫子短些，脸有点长。她是安玛的班主任，教语文课。她不爱笑，一张脸总绷着，有点鼓的眼睛看起来总像在生气。有的老师背后议论，安玛第一次知道，那种表情叫高傲，大家都不喜欢的。

小李老师就不同了，辫子比小刘阿姨的还长，脸圆圆的，总带着笑意。再加上声音清亮，天生好嗓子，脸上的雀斑也就被人忽略了。她教安玛的算术课兼音乐课。

还有一个叫沈凤的女老师，住西厢房二楼，她们都是结了婚的女人，可她们的丈夫全都不在身边。各人带着一个孩子过日子。

大李老师总是与众不同，单是她的身世就很神秘。有一次，安玛听见小李老师和大萍的妈妈罗秀英站在台子下面聊天，说到大李老师的事。小李老师左右看看才说：“人家从前是县太爷家的小姐，听说专门有丫鬟侍候的。她爹后来被政府镇压了。这种人竟然还能当老师！”

罗秀英瞪大眼：“真的？哎呀，哎呀！可不是一般的人呀！”

大李老师的丈夫在北方工作，一年才来也萨一次，看妻子和女儿。那是个高大的男人，戴眼镜，白衬衣扎在裤子里，和当地人之间一下子就有了距离。吃了晚饭，他喜欢和大李老师一起去爬有云儿家住的那座小山头。俩人坐在山上静静地看夕阳。

大萍指着那两个人影对安玛说：“我知道，他们在谈恋爱。”

阿莉叫起来：“不要脸啊，谈恋爱这样的话都敢说？”

安玛说：“什么叫谈恋爱？”

阿莉说：“就是男人和女人在一起，搞腐化，做坏事。”

大萍说：“才不是呢！”

阿莉尖叫着说：“就是，就是！”

安玛呆呆地看着山上那两个慢慢模糊起来的身影，心想，他们到底在做什么呢？两个人都结婚了，还可以谈恋爱？

安玛上二年级的一天，来了一些人，打破了小镇的宁静。

那是些城里的学生，穿着草绿军装，背着军绿背包，走着路来也萨。说是去“串联”。男男女女都有，不过是十几岁的样子，一脸严肃，站在小镇空空的长街上唱歌，然后朝着山的那边继续跋涉。

安玛他们还在上课，不知道什么叫串联。

有城里的学生打听到这里的小学是早先地主家的宅院，干脆把队伍开进小学，控诉一番旧社会，才开拔上路。一帮学生坐在教室里，看着外面的热闹，心里痒得不行，哪里还坐得住。下课铃声一响，就像鸟一样飞出去了。

幸好那些学生没走，像是也等着他们来看热闹。安玛听见领头的女生用一种陌生的腔调说："革命不是请客吃饭，不是做文章，不是绘画绣花，不能那样雅致，那样从容不迫，文质彬彬，那样温良恭俭让。"她声音尖细，好听，像唱歌似的，又像演戏。她的同学们也挥着手一齐喊口号。

那个女生回头看见安玛，问："小同学，你知道什么叫革命吗?"

安玛红了脸傻笑着，摇摇头。女生皱皱眉说："这种地方真是落后，太落后了！太需要革命的火种了！"安玛听不懂，但用崇敬的眼光追逐那些人的身影。那女生又问围在身边的学生们："你们知不知道，这所学校解放前是地主家的财产，他们住在这里是怎样剥削人民的?"

母猪上了好几次一年级，对学校很熟悉，他自告奋勇地说："我知道，他们说西厢房里还吊死过人，是个女的，舌头伸得老长，这样。"他把舌头伸出来，大家都笑了。

女生头发短，梳了两条小辫子，腰上扎根皮带，严肃着脸说："不许笑！"她的同学们又举起手喊口号。

安玛他们太兴奋了，跟在人家后面，一直把他们送到镇外的山头，看着他们举着红旗朝远方走去。安玛问母猪："学校西厢房真的吊死过人吗？"母猪支支吾吾说："我也是听说的，反正很害怕。"安玛知道母猪是个胆小鬼，举起双手吓他："吊死鬼来了，来抓你了。"把母猪吓得连忙告饶："我不敢说了，你别吓我，我晚上要做噩梦的！"

串联的学生们来的时候老师都早早下课，让他们去看热闹。反正在教室也坐不安稳，心早飞出去野了。他们不来的日子，小镇的日子很寂寞。后来学校也开始组织成立红小兵，大家都发一个红色的袖套，用油墨印了红小兵三个字，比红卫兵的袖套也差不到哪里去。有时候也开开会，唱唱歌，生活突然变得丰富多彩了。安玛求妈妈用红丝线把那三个字重新绣了一遍，很别致。看到的人都问她："安玛，你的袖套是哪里发的？怎么跟我们的不一样呀？"安玛很得意，只是狡猾地笑，还卖关子说："城里发的。"

城里来串联的学生像流星一样划过也萨的天空，却点燃了火种。

开始是镇上的孩子在玩，后来大人们也行动起来，小镇就真的热闹了。有人去城里开会，回来后就开始互相贴大字报。几天时间就把供销社门前的墙壁贴满了。有人想出一个绝妙的主意，在树上拉绳子，把大字报挂在上面，把街变成了一条飘荡着大字报的白色海洋。镇上认字不认字的人都出动了，在白色海洋里穿行。

真是独特的景观哪！

安玛不用去上学了。老师们都忙着写大字报，因为他们写的毛笔字比一般人好，就承担起为大家服务的义务。

小李老师声音清亮，忙着组织人成立宣传队，排练节目。大李老师把自己关在屋子里，不知道在干什么。学校里到处都是白色的纸屑。

安玛、大萍和阿莉，终于有了一个到处闲逛的正当理由。挤在大人们的腿缝里乱转，看那些莫名其妙的大字报。关在每个人心灵深处的秘密，现在像长了翅膀的飞蛾似的，满世界地飞，镇上的人跟喝了烈酒一般，兴奋无比。母猪带着几个毛孩子，排着队，肩上扛着干树枝，大声喊口号。他们来来回回地走，不停地喊。安玛捂着耳朵说："你们就不能喊点别的！"

没想到今天母猪却不怕她，继续神气地指挥那几个孩子齐步走。安玛上前要揪他的耳朵，母猪推开她："你别神气，你妈都被人贴大字报了！"

安玛瞪大眼睛："你胡说！"

母猪嬉笑着说："就在那边，不信自己去看。大字报，大字报，哈哈笑！"

安玛赶忙跑到长廊里，顺着一张张去找。果然，有一张是写妈妈的。上面质问：老宁家为什么有一台上海牌缝纫机？那可是一百二十多块钱一台的贵重物品！安玛发了半天愣。

大萍的妈妈罗秀英也被人贴了大字报，追究她到底是不是地主出身，那可比安玛家有一台缝纫机严重得多。只有阿莉轻松，就算她妈妈是镇上有名的神婆，可人家没有工作，没有单位，又不识字，谁也不会给她贴大字报。

阿莉来找她们玩，看见安玛和大萍蔫蔫地坐在供销社的台阶上，老远就笑着说："太好玩了，有人写大字报，说沈老师的男人是个大流氓，在乡下跟人搞腐化呢！还说沈老师跟她男人没结婚就怀娃娃了，两个都是流氓。流氓还来教我们？"

见她们不吭声，阿莉又说："对了，还有人写大李老师，说她是县太爷家的小姐，和劳动人民不是一条心。你们说怎么教我们的全是坏人哪！"

她们还是不说话。阿莉恍然大悟，安慰说："哦，你们两家都被贴大字报了？其实也没什么，都是大人们闹着玩的，供销社哪个人没有被人贴大字报？贴就贴呗，他贴你，你也贴他呗，我妈说了，不过是狗咬狗，一嘴毛。"

安玛白她一眼："你当然不怕，又不是贴你妈的大字报。"

阿莉说："我倒想有人贴我妈，只是没有人把她当回事。不像你们的妈，是供销社的同志，同志才有人贴大字报的，我妈是农民。"

安玛和大萍想想，觉得阿莉说的话似乎也有道理，慢慢地就不难受了，于是起身跟她一起，又到处去看热闹。

母猪看见她们奇怪地说："安玛，你妈都被人家写大字报了，你还高兴啊？你还不哭？"安玛说："你管不着。你再多嘴，我们就要写你姐姐的大字报，写她和小郭子的事，你小心点！"

阿莉也说："我们什么都知道。"

母猪一听吓坏了，忙告饶说："我不说你们了，真的不说了。你们别……别……别……"

她们干脆放开声使劲叫：

大字报，真奇妙。
哈哈笑，大字报！
哈哈笑，真奇妙！

有人从城里学了"忠字舞"回来，教大家跳，镇上又掀起一轮跳舞的热潮。每天晚饭后，台子下面就成了很好的练舞场，男女老少都在跳。千奇百怪的舞姿，要在平时，早把人笑倒一片了。现在，大家都表情严肃，认认真真地比画着。谁要敢笑，就是忠不忠的态度问题。安玛她们也排在队伍后面，和大人们一起跳，边跳边唱。

有一天，镇上传开一个好消息，卫生所的梁医生去北京串联回来了。好多人都不知道他什么时候去的，悄没声地就去了趟伟大首都，让人羡慕。

梁医生叫梁逸峰，二十多岁，人长得很精神，平时总穿一件白衬衫，扎在裤子里。他从卫校毕业，分到镇上卫生所不过一年多，看病看得好，又和气，人缘很好。他给安玛打过针，一点都不疼，就跟蜂子叮了一下似的，打完了还送几个小药瓶。

镇上为欢迎梁医生，专门在台子上开了次大会，由供销社的王主任主持。先是小李老师表演唱歌，然后请梁医生讲他在北京的见闻。

安玛拉着阿莉，一直挤到台子第一排，眼巴巴地看着梁医生。听他讲在天安门广场的经历，他回忆起幸福的时刻，脸上还泛着红光。台下突然有人问："梁医生，你握到领袖的手没有？"梁医生有些尴尬，忙说："我们是在观礼台上，还隔着一段距离呢。"大家遗憾地叹息，有人听说城里一个红卫兵，真的握到了领袖的手，从北京回来后，多少人争着跟他握手，他也好几个月不舍得洗手呢。梁医生说："人山人海呀，能看一眼领袖就不容易了！"

阿莉在安玛耳边悄悄说："你看那边的张医生。"

安玛顺着她的眼神看过去，卫生所药房的女医生张素云站在人群边上，边瞟着台上边织毛衣。张医生是昆明人，不知道为什么会到这么偏远的地方来工作，她丈夫在昆明，她独自带着个三岁的男孩儿在也萨工作。她讲话软软糯糯的，身上总有股药味。

安玛说："看张医生做什么？她又没有去北京。"

阿莉说："人家说她和梁医生，有那个关系。"

安玛还是不明白："什么关系？"

阿莉看周围的人没注意她们，干脆直说了："有人看见，他们两个躲在药房里抱着亲嘴，好不要脸！"

安玛生气了："你胡说！梁医生还没有结婚呢，张医生都有娃娃了。”

阿莉大人似的叹口气：“唉，大人们的事，说不清楚。反正有人看见了，再说他们两个经常在一起煮饭吃，这总是真的吧？”

安玛看看台上的梁医生，又看看人群边上的张医生，觉得好像是有些秘密在两个人之间。但她还是对阿莉说：“不准乱说梁医生，他打针打得一点都不疼。”

阿莉一听，叫起来了：“不疼？上回他给我妈打针，血珠子都戳出来了，我妈回去骂了他几天。说他狗眼看人低，给同志打针轻轻地打，给老农民打针就使劲戳。”

安玛说：“我知道，你妈一天不骂人心里就不舒服。”

阿莉说：“你知道个屁。”

安玛喜欢卫生所的气味，走进卫生所大门，安玛东嗅嗅西嗅嗅。戴眼镜的邱医生从走廊出来，笑着说：“找什么呢？”

邱医生是城里来的，人长得精瘦，电线杆一般，平时不大爱笑，看病的人背地里都说他，到底是城里人呀，架子大。但他每回见了安玛，脸上都有笑容。

张医生也是城里人，还是大城市昆明来的，见了谁都笑眯眯的，镇上的人都喜欢她。她还经常说，笑一笑，十年少嘛，又不吃亏的。

梁医生人就更好了，他经常去供销社玩，和那里的人都混得跟亲戚似的，见了安玛的妈妈，还有罗秀英，都叫大姐。他穿上白大褂的样子，真是让安玛喜欢呀。

安玛天生就喜欢穿白大褂的身影，真是好看极了！在她心中，医生不仅仅是个职业，还是超凡脱俗的一类人。安玛觉得，自己长大后一定是要做医生的。单是那身白大褂，就是一个美丽的梦。

可她今天来，不单单是来看白大褂的。阿莉的话让她犯了猜疑，梁医生和张医生都是她喜欢的人，怎么会像阿莉说的那样。可是，她探头看看却发现，梁医生真的坐在药房里和张医生把脑袋凑在一起，有说有笑的，张医生还把瓜子壳吐到梁医生手上。

安玛有些发蒙，不敢再看他们，低着头踩地上的碎玻璃。张医生从窗口看见她，伸出头来叫道："小安玛，是不是又来要针水瓶子？那天我不是才给过你几个吗？你要那么些瓶子干什么用？"

梁医生也伸出头，笑着叫她："好久不见，小安玛想不想我呀？"

安玛的脸涨红了说："不想。"

梁医生说："可我还从北京带了礼物回来，送给想我的人。你要是不想，我就送大萍了。"安玛受不住礼物的诱惑，才说："有点想。"梁医生笑起来，递出一张他在天安门前照的照片说："安玛，送给你做纪念，好不好？可别弄丢了。"

安玛高兴地一把抓过来，照片上的梁医生站在天安门前，像一株挺拔的白杨树，对着她发出迷人的微笑。

安玛拿着照片一溜烟跑了，早忘记自己来卫生所的目的。

大萍和阿莉在台子下面玩，安玛忍不住把照片给她们看。她们俩羡慕得半天说不出话来。大萍讪讪地说："我听说，男人女人只有订婚才会送照片的。"

安玛气愤地喊："你放狗屁！"

阿莉也说："真的，小姑娘不可以随便要男人的照片，要了就麻烦了。"

安玛说："我喊梁医生叔叔的。"

大萍说："叔叔也是男人。"

安玛怕她们再乱说，忙说："我拿回家给我妈妈放着去，总可以了吧？"

大萍要让阿莉玩她的香包，两个人拉着手走了，留下安玛一个。不就是张照片嘛，这两个小心眼。

安玛从供销社的生产门市前走过，遇见小刘阿姨出来倒水。小刘阿姨叫住她："安玛，你帮我看会儿，我上个厕所。"安玛不喜欢生产门市，里面尽是些铁犁头、化肥、箩筐、锄头之类的东西，一点都不好玩。顺带着也不太喜欢小刘阿姨，她的嘴太凸，人家背地里都叫她苞谷嘴。不过帮她看会儿门市倒也没什么。

小刘阿姨一去就是老半天，安玛等得烦了，拿出梁医生的照片来看。难怪阿莉和大萍会忌妒，全也萨恐怕也没有第二个人去过北京，还在天安门前照相。再说，梁医生长得多好看哪！

小刘阿姨回来时，安玛还在入神地看梁医生的照片，她一把抓过去："谁的照片，让我也看看。"她这一看，就看进眼睛里去拔不出来了，嘴里啧啧地说："哎呀呀，这不是梁医生嘛，你这是哪里得来的照片？"

安玛说："梁医生送给我的。"

小刘阿姨不信："真的吗？他会送照片给一个小毛丫头？"

安玛笑嘻嘻地说："小刘阿姨，你是不是喜欢梁医生呀？"

小刘阿姨的脸红了，突然问："安玛，是不是梁医生让你把这张照片送给我的？对了，一定是这样，他不好意思来，让你帮他送，对不对？"安玛傻傻地看着她，一时不知道怎么说才好。

小刘阿姨想了想，跑进柜台，翻了半天找出枚像章，塞到安玛手心里："快拿着，这可是城里最新款的像章，我一个亲戚带给我的。我把它送给你了，保准是全也萨独一份！"那是一枚铝质金边的领袖像章，头的周围放射着一圈金色的光，真的很新颖。安玛心动了，大萍、阿莉她们一定没有，自己戴上肯定会让她们眼馋的，看她们还敢不敢乱说。

"像章归你，这照片就归我了，我们公平交易。"

安玛说："小刘阿姨，这照片真不是梁医生送给你的，我不能骗你。"

"管他送谁的，反正我喜欢。对了，安玛你可不要对人说呀，要替我保密好不？小刘阿姨知道安玛是最乖的姑娘，比大萍乖多了！"

安玛叹口气，依依不舍地看了那照片一眼。

狐狸精

外婆回老家去了，那儿还有一个没娶亲的小舅舅，她牵挂着呢。外婆知道妈妈工作忙，干脆把两个妹妹带走，自己照顾。她们一走，卫生所的房子也就不能再住下去了，安玛只好和妈妈搬回供销社住集体宿舍。十多平米的屋子，竟然沿窗摆了三张床。安玛和妈妈挤左边的大床，右边住小刘阿姨，门后面的那张床空着。

安玛想单独去睡那张床。一个人睡一张床是多么奢侈的事啊！安玛从小到大都是跟大人睡，跟妈妈挤，跟外婆挤，没有一张真正属于自己的小床。

自己家的床上挤两个人，那张床却空着，这让安玛感到委屈。妈妈却说那是给一个人留着的，那人要从另外一个区的供销社调到也萨来。

安玛悻悻地问："她多大了？是老的还是年轻的？"

小刘阿姨坐在自己床边织毛衣，插嘴道："听说年轻着呢，反正没结婚，不然也不会来和我们挤了。"

安玛又问："她长得好看吗？"

小刘阿姨尖声笑起来："老宁啊，你家这个姑娘了不得了，尽问些稀奇古怪的问题。"

妈妈在安玛头上拍了一下："小娃娃家家，别管闲事。"

安玛翻翻白眼，伏在窗台看云。小刘阿姨的辫子很长，黑油油的，一直拖到屁股，是供销社的一大景观，据说有些假装来买布、打煤油的年轻人，其实都是来看她的大辫子的，但安玛就是不喜欢她。

小刘阿姨说起那个即将要来的女人，安玛的耳朵也没闲着。

“老宁，听说这个姓朱的可风流了。在那边供销社待不下去了才调过来的。”

妈妈心不在焉地说：“是这样吗？”

小刘阿姨说：“怎么不是，我到县上开会听人说的。人家女人都打上门来了，骂她狐狸精呢，影响可坏了，要不怎么调到我们这种偏远的地方来？人都往高处走，水才往低处流呢！”

安玛突然回头问道：“小刘阿姨，什么是狐狸精？漂亮吗？”

妈妈顺手拍她一巴掌：“大人说话有你什么事？快下楼玩你的去！”

小刘阿姨捂着嘴哧哧地笑：“你家这个女娃子太好玩了，什么都懂。哎，你就等着瞧吧，过几天，我们这屋子里就会有一只狐狸精搬来，到时候你好好看看她是什么样的！”

妈妈忙用手推安玛：“去去，玩去吧。不要来掺和大人的事。”

安玛到台子那里看了看，没有大萍和阿莉的身影。母猪抱着他的小外甥闲逛，一高兴干脆把富贵甩到脖子上“骑马马”，老远就叫她：“安玛，你来不来抱富贵玩？他的名字还是你取的，你忘了？”

安玛不喜欢他脖子上尖嘴猴腮的娃娃，敷衍地揪揪他的头发，小声警告母猪："不准说他的名字是我取的，听见没有？"

母猪不解地嘀咕："有什么关系呀？这个名字好听，我家的人都喜欢着呢。安玛你好怪哟！"

安玛指着他的鼻子："就是不准说，不然我叫阿莉和大萍都不跟你说话，孤立你。还要批斗你，就像斗供销社的走资派一样。"

母猪忙赔笑脸："我不说，一定不说。你叫她们跟我说话好不好？不要批斗我，我是好人。"

他们参加过批斗供销社张主任的大会，那人站在台子跟前，头上戴着纸做的高帽子，眼睛只准看着自己的脚背。大家在小李老师的带领下举起手高声喊"打倒，打倒"，其实又没有真打，怪好玩的。

安玛到阿莉家叫她玩时，阿莉正在剁猪菜，一边剁一边发狠，嘴里嘀嘀咕咕地骂："剁你的脚，剁你的爪，剁你的肠肠，剁你的肚肚！"

安玛倚在门框上："阿莉你和哪个人有仇啊？骂得这么狠？"

阿莉把刀一扔："我敢和哪个有仇？还不是圈里的猪祖宗，天天要我伺候它，老子恨死它了！"

三婆从园子里抱着菜回来，正好听见，提高嗓门说："吃猪肉的时候你怎么不恨猪呢，筷子伸得比哪个都长！"

安玛对阿莉使个眼色说："台子那里有好多人在玩，去不去？"

阿莉趁三婆转身，扔下一地猪菜，拉着安玛跑了。

三婆在后面指着背影恨恨地骂起来，连安玛也捎带上：“人家是同志家的姑娘，不愁吃穿的，你跟着作吧，早晚有你死的一天！”

三婆想想又叫：“回来！吃了饭再去。”

俩人像两只逃出笼子的鸟，早没影儿了。

台子是片四方形的高地，后面立一道墙做屏障，左右两侧有上下场的台阶。虽说简陋，但在小镇也算是一个好去处了。大人多是男人，倚着台子抱着手抽烟、聊天，或者看过路的女人。娃娃们玩的花样可就多了，抓子子宝、划龙船、捉迷藏、丢香包。在黄昏的暮色中，那里是安玛的乐园。

安玛和阿莉在人群中找到大萍，三个人拉着手在人群中看今天有什么新热闹。安玛突然想起一件事，把她们拉到台子背后，神秘兮兮地说：“你们知不知道狐狸精是什么东西？”

大萍说：“我知道。我妈说过，狐狸精就是专门勾引男人的。”

阿莉也说：“你没听见过街上的女人骂有云儿？说她就是狐狸精。”

安玛有点失望，原来她们俩都知道，不过有的事她们也不一定知道吧。安玛说：“过几天，我们家宿舍里就要搬来一个狐狸精，听说可漂亮了！”

这俩人果然有些吃惊，定定地看着她。阿莉说：“你说的是真的？”

安玛得意道：“当然了。是小刘阿姨说的，床都空出来了，就等她来呢。”

大萍说："太可怕了，你们家要跟一只狐狸精住在一起，你还高兴？"

安玛说："有云儿也是狐狸精，多漂亮啊！她又不是鬼，为什么要怕？"

大萍牙疼似的："哎呀，哎呀！那可是狐狸精呀！"

阿莉再三交代安玛："等狐狸精来了，你一定要早点告诉我，来我家叫我，可别忘记了！"

大萍还在说："哎呀，哎呀……"

朱玉在也萨出现的场景像一幅油画，定格在安玛的记忆里。

那是在供销社二楼的办公室里。供销社是一栋火车车厢一样长的建筑，一楼做门市，二楼住人、办公。办公室对着长长的石头阶梯，里面摆了办公桌椅，会计出纳们一上班就在桌子后面噼里啪啦地拨算盘珠子。

安玛每次下楼都要停下脚步，往里面探头看看。那些噼里啪啦的声音，传到她耳朵里变成了动听的音乐，再加上大人们专注、庄重的神情，让她心里对坐办公室充满羡慕。

这天，安玛刚往里探头，就看见办公室的王主任——一个高大壮实、长着满脸络腮胡子的中年男人，热情地在给人倒水，边倒边说："哎呀，早就听说你要来，我们都盼着呢。"

安玛有点怕王主任，他跟人说话不带笑的，一脸的严肃。楼上楼下的小孩子们都怕他，有人不听话瞎闹时，只要叫一声"王主任来了"，保准安静下来。

可是今天安玛看到的王主任却很和蔼，还亲自给人倒水。

安玛双手抓住门把，一点点溜进办公室。第一眼就看见了端坐在藤椅上的朱玉。她二十出头的样子，剪齐耳短发，穿一件蓝布姊妹装。她长了一张瘦长的瓜子脸，皮肤透着粉白。衣服不算好看，人却洋气。一脸淡淡的微笑，像夏天的风迎面拂过。安玛装作在桌上找东西，悄悄打量着藤椅上的朱玉。天哪，这就是狐狸精吗？长得这么漂亮！

正想着，安玛就听见朱玉说："王主任，我住哪里？"她的声音也很好听，柔柔的，不像小刘阿姨那么惊乍乍的，一开口总像在跟人吵架。

王主任说："我们这里的条件不好，只能住集体宿舍。对了，这个小姑娘家屋里还给你留了个床位。等一下让她领你去。"

朱玉的目光转到安玛身上，微微一笑，友好地问："你叫什么名字，读几年级了？"

安玛的脸唰地红了，低下头不说话。

王主任笑她："嘿，看你平时疯得不得了，见到生人就不敢说话了？"

安玛嘀咕说："你才疯呢！"

她一转身溜出门去，正好和大萍碰了个对面，大萍是听到消息赶来看狐狸精的。大萍给她使了个眼色，悄悄说："安玛你看到她没有，长得什么样？"

安玛说："你自己去看，在里面呢。"

大萍不敢进去，在门口探头探脑地张望了一会儿，过来对安玛讨好地笑，说要到她家去玩，过几天要分她一副磨好的小石子抓子子宝玩。安玛经不起诱惑，带着大萍去了宿舍。

大萍指着门后的床说：“她就住这里啊？我说安玛，你晚上睡觉小心点，我听人家说，狐狸精夜里会现出原形。屁股上还有一条大尾巴。”

安玛不信：“胡说八道！”

大萍说：“对了，你不是看见过有云儿在小河里洗澡嘛，她到底有没有尾巴呀？”安玛说：“没有。”“真的吗？连一条小尾巴都没有？你真看清楚了？”“真的没有。”大萍不免有点失望，交代安玛以后一定要小心注意着，有什么发现要记着告诉她，不要先告诉阿莉。

俩人嘀嘀咕咕地说着，王主任带着朱玉进来了，帮她把行李放在空床上，还要帮她铺床。朱玉忙道谢，说想歇会儿，等会儿再铺。王主任看看两个表情古怪的小姑娘，只好悻悻地走了。

朱玉不忙铺床，笑着招呼她们：“你们两个都住这里吗？以后我们就是一家人了。”

安玛说：“大萍家住楼下的仓库。”

朱玉又说：“以后你们叫我姐姐好了。”

大萍说：“不可以，我妈说过一个单位的人都要喊叔叔阿姨，不能乱了辈分。”

朱玉有些吃惊地看着她们：“小姑娘，懂得还真不少哟！叫阿姨也行。”朱玉要是知道她还没来也萨，小姑娘们就已经把她当成狐狸精来盼望着，不晓得会吃惊成什么样子呢！她更不知道，她到也萨的第一个夜晚，会给安玛带来怎么样的紧张和期待。

透过纱布蚊帐，安玛一直窥视着朱玉那边的动静。朱玉显然是个讲究的女人，日子过得比屋子里的另外两家人都精细。铺好床她又去找王主任，请他找了块长的薄木板，靠墙搭着，上面放几本书，一个雪花膏瓶子，一盏带玻璃罩子的小油灯。被子是碎花面的，床单是绿色细格子的，大方素净。

屋子里属于她的那个角落，一下子就显出了些不同。

小刘阿姨当面不好说什么，等到朱玉出去打水的时候，对安玛的妈妈撇撇嘴："看见没有，老宁，小资产阶级的作风！"

安玛妈妈说："年轻人嘛，是要讲究点。"

小刘阿姨不以为然："我也不老呀，我就不像她。我早说过，这是个狐狸精。住在一间屋子里，你家安玛可要小心，不要被她教坏了！"

安玛躲在帐子里看小人书，悄悄对小刘阿姨翻了个白眼。她喜欢刚刚见面的朱玉。

夜晚没什么消遣，上了一天班的妈妈和小刘阿姨早早地上床休息了。安玛平时也睡得早，今天却睡不着，伏在被子里观察着朱玉的动静。朱玉的小油灯亮着，灯芯捻得很小，从帐子里散发出一团昏黄的光，朦胧温馨。她穿一件无袖的白点背心，两条手臂搭在被子上，翻书看着。怕惊醒同屋的人，她翻书页时动作十分小心。从安玛的角度看去，她就像皮影戏中的人物，恍恍惚惚的，有一种说不出的味道。

安玛就这么迷糊着进入梦乡。

她梦见自己奔跑在一片山野上，和大萍、阿莉一起摘杜鹃花。她们把杜鹃花花瓣放进一根竹筒里，用小木棍进去捣呀捣，捣得稀烂，然后做成酸酸甜甜的山花酒，你一口我一口，喝得都快醉了。突然，一只狐狸从花丛中探出头来，笑眯眯地看着她们。看着看着，它竟然说话了："给我喝一口你们的山花酒吧，我口渴极了。"

阿莉惊叫起来："狐狸精，狐狸精！它就是狐狸精！"

狐狸笑着说："我吓着你们了吗？我不漂亮吗？小姑娘你叫什么！"

阿莉讪讪地说不出话来。狐狸喝了她们的山花酒。

狐狸还在山野间翩翩起舞，它的舞姿真好看。舞着舞着，狐狸的脸变成了朱玉的脸，妩媚地笑着："小姑娘们，跟我一起跳呀，跳呀！"她们跟着跳起来，在花丛中欢快地追逐着，风一样轻盈。最后，她们全都变成了美丽的狐狸精，还长出一条大大的毛尾巴，轻轻摇摆着。

安玛翻个身，喃喃地说着梦话。

供销社原先的张主任被打倒了，下放到仓库帮忙做事，现在是王主任当家。朱玉被他安排到百货门市，和安玛的妈妈一起站柜台。为此，小刘阿姨还找到王主任吵了几句，安玛从办公室门前过，听见小刘阿姨委屈地说："我都在生产门市那么长时间了，也不给我调整调整？凭什么她一来就到百货门市去？她有什么特殊的？”

王主任端着个大茶缸子，咳了几声才说：“会考虑你的，会考虑的。人家那么单薄的一个女孩子，怎么搬得动那些犁头、箩筐，你就忍着点吧，我会考虑的。”

小刘阿姨出来，见了安玛，眼睛红红地说：“看看，人家多有本事呀，就我们没用！”

安玛怔怔地站着，不知道该怎么安慰她。

小刘阿姨把安玛拉到楼下没人处，悄悄说：“安玛，你去卫生所，帮我叫一下梁医生，好不好？就说我头疼，请他下班后到生产门市来，给我看一看。”

安玛看着小刘阿姨红光满面的样子，疑惑地问：“你真的头疼吗？”

小刘阿姨拍拍她的脑袋：“你别管，就这么说。”

连安玛都看出来，小刘阿姨对梁医生是有些意思的。好几次安玛见她躲在帐子里，悄悄看梁医生的照片呢。安玛去了卫生所，找到梁医生说了小刘阿姨的意思。梁医生皱皱眉：“安玛，她真的像生病的样子吗？”

安玛说：“我不知道。”

梁医生说：“我今天说好了要到村子里去给人看病的。要不这样吧，邱医生今天有空，请他去给你小刘阿姨看病，好不好？”

安玛只会傻笑，大人的事太复杂，她似懂非懂，觉得挺好玩。

梁医生把话题转到朱玉身上，问了很多关于她的事情，还说哪天下班，要到安玛家的宿舍去玩。他想了想又说：“你们家宿舍人太多，要不哪天你把朱玉阿姨约到卫生所来玩，好不好？我做饭请你们吃。”

“连我请？”

“连你请，要不把你妈妈也叫上，一起请？”

安玛开心得跳起来。

那天晚上，邱医生提着听诊器去给小刘阿姨看病。不料小刘阿姨说她根本没病，是谁在咒她生病，堵着门没让邱医生进去，弄得他很难堪。

安玛也被牵连了，里外不是人。小刘阿姨背着人追问了她好几遍：“安玛你真的对梁医生说了我头疼吗？你不会骗我吧？你是对邱医生说的吧？小娃娃家家，可不兴撒谎！”

安玛气得眼泪都快下来了，跺着脚说：“以后我再也不管你们大人的事了，都别来找我！”

小刘阿姨忙着又哄她：“别气别气，我是开玩笑的。你看我这里还有枚像章，是玻璃做的，可好看了，来，给你别上。”

比起来，朱玉就比小刘阿姨讨人喜欢，她像条鱼似的，很快就融入供销社这个池塘。开会、跳忠字舞，她都积极参加。很快，镇上的人都知道，供销社来了个漂亮的售货员。有事没事都会有人往百货门市里探头探脑地看。有的买支铅笔，有的买块手绢，有的干脆什么都不买，袖着手进来晃一圈，只为看看朱玉。连小李老师都专门跑来凑热闹，借口找安玛妈妈说话，借机和朱玉认识了，还热情地对朱玉说：“你有空到学校来找我玩，我们有个宣传队，经常排节目呢。你也可以加入。”朱玉矜持地笑着，偶尔展唇，牙白得跟玉似的。

梁医生也来过百货门市，却是很正经地买东西。看见安玛在街头上玩，还特意把她叫上："走，陪我去买块肥皂，我要洗衣服，才发现没肥皂了。"

安玛很乐意被梁医生拉着手，跟他去百货门市。朱玉在卖布，妈妈明明闲着，却接过朱玉手里的布，让她卖肥皂给梁医生。两个人都客客气气的，脸上挂着笑。梁医生买了肥皂不急着走，靠着柜台和安玛妈妈聊起来，东扯西拉的。朱玉不接话，手里忙着整理货架，脸上挂着安静的笑。

安玛觉得有些微妙的东西在两个人中间弥漫着，到底是什么呢，她又厘不清楚了。她突然想起一件事，大声叫起来："梁叔叔说他要请我们三个人吃饭，朱玉阿姨你去不去？"梁医生的脸竟然红了，不好意思地笑笑。朱玉笑着说："我可没听见谁说要请我，安玛你乱说的吧？"

安玛急了："梁叔叔，你是说过要请我们吃饭的，对不对？"

梁医生怕她再说出什么尴尬的话来，忙说："说过的，说过的。哪天你们有时间，我真的请你们过来坐坐。我也不会做什么菜，请张医生帮个忙。就明天吧，你们一定要来啊！"朱玉还是笑，不说去，也不说不去。

梁医生走的时候，肥皂都忘记拿了。安玛要追着叫他，妈妈在她头上拍了一下说："没你的事。"回头对朱玉说："你明天带去给他。"

朱玉白净的脸，瞬间变粉红了。

安玛四年级的时候，学校搬家了。从地主家的院子搬到小镇对面的小山包上，一栋两层楼的新教学楼，居高临下地俯视着小镇。老师们也陆续搬到山包上去住，旧学校空闲着，门窗紧闭。有传言说夜里有人听见里面闹动静，有女人的笑声、哭声传出来，弄得娃娃们都不大敢去旧学校玩。

一天傍晚，安玛看见大白花在学校转悠，好像在找什么东西。娃娃们都怕这个疯女人，见了她只会远远地丢东西，叫她疯子。其实她不是每时每刻都疯。

安玛看见她的时候，她正在竖起耳朵凝神听着什么，一脸神秘。安玛说："你听什么呀？"大白花伸出一根指头，朝她嘘了一声："别出声，里面有鬼在叫。"安玛说："我不信。你吓我呢？"

大白花笑笑："小姑娘，我骗你呢。其实是我男人在叫。他躲在柱子里面不出来，我看见他了。再不出来，真要变成鬼了。"

她的神情十分认真，不像是瞎说的样子，安玛心里紧张起来。她想要走，大白花却不放过她，一把拉住她的手说："我带你去看好不好？我不骗你的。"

安玛挣扎着说："人家都说，你男人去昆明当兵了，怎么会在学校的柱子里？你不要乱说好不好？"

大白花瞪大眼睛："他们才胡说呢，我男人早回来了，一直躲在学校的柱子里。以前你们在里面上课，他不敢出来。现在学校搬走了，他要出来见我了。我们还要结婚呢。"她的脸上现出些羞涩，扭捏着说："我真的要结婚了，我要嫁人了！"

趁她在遐想中沉迷，安玛一溜烟跑了，连迎面过来的有云儿都没有看见，把她撞得差点摔在地上。有云儿惊乍乍地叫起来：“安玛你见鬼了，你要撞死我啊？”

安玛指着学校说：“都是大白花，她说她要嫁人了，还说她男人藏在柱子里，快变成鬼了！太吓人了！”

有云儿一听，哈哈笑了：“这个疯婆娘，都是想男人想疯的！要真有个男人跟她睡上一觉，她的病就会好。”

安玛停下脚步：“真的？那怎么不试试呢？”

有云儿杵了她一指头说：“小姑娘，你懂什么！哪个男人愿意跟个疯婆娘睡觉？要长得跟你们供销社那个朱玉一样漂亮，想睡的人就多了，只怕要排队呢。男人都不是好东西！”她嘎嘎地笑起来，又问安玛：“你说说，我跟朱玉，哪个长得漂亮？你要说真话。”

安玛一时不知道怎么回答才好。在她看来，朱玉来之前，有云儿应该是镇上长得最漂亮的女人。朱玉来了之后呢，就不大好说了。有云儿像山间的野花，朱玉则是一朵沉静的睡莲，各有各的美。

安玛吞吞吐吐地说：“你们两个，都漂亮。”

有云儿不放过她，追着问：“我要你说的是谁更漂亮？是她还是我？”

安玛真的为难了。她不明白有云儿为什么这么在意和朱玉比漂亮，想了想说：“还是你比较好看。”

有云儿摸着自己的脸高兴地说：“真的？安玛你不会在骗我吧？小孩子家家，可不许说谎哦！”

安玛说：“真的，我没有骗你。”

有云儿一转念："对了，我听说这阵子朱玉老往卫生所跑，和梁医生混在一起，他们是不是在谈恋爱呀？你有没有看见过？"

安玛说："大人的事，我不知道。"其实安玛是知道的，有云儿给梁医生洗过衣服，还往卫生所送过白菜。

有云儿叹口气："混就混吧，人家命好，两个都是同志。哪个叫我命不好，天生的贱草！"她脸上现出些忧伤，在晚风中发出幽幽的叹息声。安玛偷偷看看她的脸，心里好同情她。这么漂亮的一个女人，怎么会没有好男人喜欢她呢？

大白花发出一声瘆人的怪叫，大约是在柱子里找见她的男人了？

夜色墨似的泼向大地，旧学校的影子影影绰绰，更加让人生出些疑惧。安玛撒开脚丫子，朝着台子那边飞奔而去。有云儿尖声叫着："安玛你跑什么！"

安玛呆呆地看着这个叫阿友的男孩。

他常穿件蓝阴丹士林的对襟褂子，长了张苹果似的圆脸，皮肤白而细腻，还长了一层细细的绒毛。安玛的心现在就被这层绒毛撩拨得痒痒的。阿友家离镇上有十多里路，中午不回家，坐在教室前面的台阶上，安静地吃饭团、吃洋芋，不像别的男生那样互相追着打闹、疯玩。他坐安玛前排，不时会回过头来借个橡皮，问个生字，羞涩地笑。他从来不会揪女生的辫子，也不说脏话。安玛看着阿友的后脑勺发呆，连大李老师走到跟前都不知道。

大李老师前些日子也被人贴大字报，说她是旧县太爷家的小姐，家庭出身不好之类的问题，差一点就不让她上讲台了。后来，这事慢慢又被人淡忘了，毕竟大李老师教书是很认真的，学生也喜欢她。

大李老师皱着眉看了半天，见安玛没有反应，忍不住在她头上拍了一下："安玛你魔怔了，眼睛不看着书本！"

安玛这才醒过来，对同座的阿莉伸伸舌头，缩缩脖子，做出专心读书的样子来。阿莉看大李老师走开了，附在安玛耳朵边说："哎，你是不是喜欢阿友？想不想嫁给他做媳妇呀？"

安玛悄悄掐了她一把说："你才嫁给他做媳妇呢，不要脸！"

阿莉说："我绝不会嫁给他，将来我要嫁就嫁个同志，不嫁给乡下人。"

安玛伸指头羞她："这么小就想着嫁人？也不怕被人笑话！"

阿莉指着后排几个女生轻声说："你知道不，她们都是有婆家的人。有些男生也是早早就定了亲，好多人其实都是有媳妇的。"

安玛惊讶不已，她突然担心起阿友来，他会不会也定了亲，有个小媳妇在家等着他呢？她不敢把这个想法告诉阿莉。自己喜欢上了一个男生？这是多么可怕的事情！

心里装了事，安玛有些神思恍惚。阿友那张粉白的脸，那层细绒毛，轻轻挠着她的心。放学了安玛也不急着回家，独自坐在学校后面的山坡上，看白云从头顶飘过。

那云慢慢变成了阿友的脸，遥遥地对着她笑呢。安玛的心也像云似的融化在天空下面。身旁的土地上，开放着一丛丛白色、黄色的野花。金色的刺果在刺丛中闪烁着明亮的光。突然之间，天地间的一切都变得明媚生动了。爱像溪流似的冲过心灵，安玛觉得自己长大了，喜欢一个人，就是女人了。

安玛决定为阿友做一件礼物。

她听说过乡下的女孩定了亲，小姑爷来家时都要送礼物的，给他绣条花裤带，做双鞋垫，送块手帕，反正都有定情的意思在里头。小姑爷带回去会珍藏着，想念女孩的时候就拿出来看看，想着自己是有媳妇的人了。

安玛不会针线活，平时连钉纽扣都是妈妈帮她。可是现在，她要为阿友绣个荷包。外面用布绣上心形的图案，里面塞上棉花、香料，挂在脖子上散发出幽幽的香气。每年端午节，镇上的女孩子们都会做荷包，安玛早就看得眼熟了。

这天放学后，她从床底下拖出妈妈的旧皮箱，翻出块月白色的绸子，开始了一项伟大的工程。

朱玉回到宿舍，看见安玛坐在床上，聚精会神地绣荷包呢。她惊讶地叫起来：“哎呀，小安玛在做针线活呢?”

安玛忙把手里的东西往背后藏。

朱玉身上有股好闻的雪花膏味，香味幽幽地直往人鼻子里钻。她理理耳边的短发，在安玛身边坐下，脸上笑眯眯的。安玛有些警惕，在和朱玉同住的日子里，她已经有点了解这个漂亮阿姨的性格了。朱玉不像小刘阿姨，咋咋呼呼，有什么话直通通地就说出来，朱玉对你笑一定是有事要求你，先是笑得像一朵花，再说出要求你的事，谁也没有办法拒绝她。果然，朱玉先是看看她绣的图案，帮她纠正了针脚，告诉她："针脚太长了，就像补衣服似的，不好看。这个心的图案不够圆，就会像个大萝卜。"经她的手一调整，果然好看多了。朱玉笑着说："过端午节还早呢，安玛就做上香包了？"安玛只笑不说话。

朱玉边绣边不经意地说："告诉阿姨一件事，以前梁医生有没有来找小刘阿姨玩过？"

安玛摇摇头："没有。"

朱玉说："是真的吗？那么，梁医生有没有送过小刘阿姨一张照片呢，就是他在天安门前照的。"

安玛愣住了，不知道怎么回答才好。

朱玉笑笑："你就没有听小刘阿姨说起过这件事吗？她一定在宿舍里说过的。"

安玛讪讪地说："大人的事，我不知道。你问问我妈吧，她可能知道。"

朱玉把话岔开了，认真地教安玛绣花。安玛觉得挺对不起朱玉的，想了想说："街上的人都喜欢梁医生，打针一点都不疼，态度又好。"

朱玉说："我知道。"

"有人还说他长得好看，说他眼睛大，鼻子是一根葱，直苗苗的。"

“这话是谁说的呀？”

“有云儿说的。”

“梁医生喜欢她吗？”朱玉说着话，手里的针却没有停下，脸上依然挂着淡淡的微笑。这让安玛受到了某种鼓励。安玛接着说：“我知道，有云儿喜欢梁医生。但是有云儿又说自己命不好，是贱草。她还帮梁医生洗过衣服呢。”

“哦，是吗？还做过什么？”

“送过白菜。她家地里种的。”

“哦！还有吗？”

“更多的，我就不知道了。”

安玛的香包终究没有成功。朱玉细密的针脚和她先前那些粗针大线混杂在一起，图案变得怪怪的，像个大红萝卜又像个柿子。这样的香包送人，不被人笑死才怪。安玛沮丧地把绸布揉成一团，塞回床下的箱子里。

第二天的一个新消息，让她彻底放弃了给阿友做香包的打算。阿莉告诉她，阿友也是定了亲的，他的媳妇叫秀兰，就在楼下的二年级上学呢。这个消息让安玛整整难过了好几天，她还特意去看了看秀兰，是个拖着两条细辫子的黄毛丫头，边跑还边吸鼻涕呢。阿友怎么会喜欢这样的女孩？

下课的时候阿莉追着阿友叫：“秀兰来了，秀兰来了。”

阿友的脸涨得通红，一头扎进教室不敢出来。阿莉又跳着脚喊：“阴丹蓝，姑爷蓝。阴丹蓝，姑爷蓝。”还叫她：“安玛，你怎么不喊呀？”

安玛在想别的事呢。早晨上学的路上，遇见梁医生到河边洗衣服，梁医生叫住她：“安玛，你都跟朱玉说了什么？”

安玛说：“没有，真的没有。”

梁医生伸手杵杵她的额角，嗔道：“小丫头，你害我呢！”

安玛想了半天也没有想明白，自己到底怎么就害了梁医生。

纸　鸢

安玛十一岁那年，升了初中。学校的名字叫“戴帽初中”，很奇怪的名字。安玛搞不明白，去问大李老师：“是不是以后上学都要戴上帽子来呀？”

大李老师听了这话笑得东倒西歪，还讲给别的老师听：“我那个学生太有意思了，以为戴帽初中，就是要戴着帽子来上学呢！”安玛觉得这件事一点都不好笑，不知道是谁偏要取这么个怪名字。

后来总有老师跟安玛开玩笑，见了她就问：“安玛你今天怎么没戴帽子来呀？”或者问：“你明天戴草帽还是戴斗笠？”

笑话还长脚呢，连供销社的人都知道了。王主任遇见安玛，也会笑着说：“咦，戴帽子的学生放学了？”安玛心烦，懒得理他。

供销社楼下有一栋平房，土墙面，瓦屋顶，挺好的屋子就是没有人住。刚刚开学没几天，这屋里突然热闹起来。原来是来了一组弹棉花的人。领头的男人姓樊，带了个瘦瘦的女人，还有两个四五十岁的老妇人，听说是没有结过婚的一对姐妹，姓王。她们不许小孩管她们叫阿姨，说要叫四爹和五爹。

从此，平房里便整天传出"嘣嘣嘣"的响声，细细的棉花毛从窗口飞出来。樊师傅身上背架弓，围着花床跳舞似的弹花，几个女人只管往弹好的棉胎上绷线，几只手飞来舞去的，也像跳舞。

弹棉花真是太有趣了，安玛放学，总要趴在窗口看上一阵。任那些细细的白毛飞到衣服上，铺一层"细霜"，有时看得久了，眉毛都会变白。

这天安玛放学，又趴在窗口看弹棉花，樊师傅扯下口罩，笑着说:"小安玛，要不要我给你弹一顶棉花帽子戴着去上学?"他的话把安玛气得直翻白眼。上了初中，她时时觉得自己长大了好多，说话、走路都不再像以前那样蹦蹦跳跳的，尽量做出文静的样子。可大人还是经常用逗小孩的口气逗她，她没法不生气。

安玛离开窗口走了几步，又回去说:"樊师傅，你知不知道，这间房子在你们搬来以前，为什么一直没有人住呢?"

樊师傅摇摇头:"不知道。"

安玛说:"真的不知道?我告诉你好了，这屋子里吊死过一个人呢!"

樊师傅一听急了，一把扯下刚戴上的口罩:"小娃娃不要乱说。"

安玛认真地看着他："我没有乱说，就是去年吊死的，在那个角落上。那个人姓郑，原来是供销社的职工。我们晚上上厕所从这里路过，都很害怕的。"

樊师傅的脸色变了，背着弓呆呆地站着。王四爹走过来，拉长脸说："小娃娃家家的，不许乱说乱讲！"

安玛便抽身一溜烟跑了。她没有说假话，这平房里真的吊死过一个姓郑的人，安玛每晚下楼上厕所，一个人是不敢从平房前面走的。娃娃们晚上从门前过，都会互相吓，胡乱叫着："吊死鬼来了！"然后一个个鬼哭狼嚎地乱叫。她没有想到樊师傅一个大男人家，也会害怕这个！

一连几天，安玛都不敢去看弹棉花，怕樊师傅骂她多嘴。王五爹看见安玛，远远地指着她："小姑娘呀，整天乱说乱讲的。我们倒不怕什么，可是人家樊师傅胆小，差点要收拾行李回城去了！"

安玛不说话，不好意思地笑一笑。她是真不好再去看弹棉花了，也不太好意思像从前那样在街上闲逛，就倚在供销社二楼窗口闷闷地看天上的白云。

那辆汽车就是在安玛望着白云发呆的时候开到也萨镇上的。

蒙着帆布的大卡车，哐当哐当开进了也萨的街头，在邮电所门前停下来。街上的娃娃围上去，过节似的欢呼着。汽车不常来，一个星期甚至半个来月才会有一辆从城里开来，帮供销社运送货物。其他日子，供销社的物品都是靠背夫们去城里背。方方正正的一包布，小山似的，但他们竟然可以用半天时间，走几十里山路背回来。他们手上提一根“丫”形打杵，走累了就用它支在背架下面，长长地喘几口气。供销社的货物，有一半是他们用背脊背回来的。安玛经常站在供销社的窗口，看他们像蚂蚁似的排成队，从远方走来，心里惴惴地想：他们的背怎么那么坚实，能背比自己还要大的东西？

可是，镇上的大人们看他们已经看得麻木了，背夫有什么好看的？只有汽车来的日子，才能让人兴奋。

母猪带着一帮小男孩绕着车子欢跳、怪叫。他们的耳朵灵敏无比，还隔着几里地就能听见汽车发动机的声音，一帮人拼命地跑出好远去迎。汽车开进也萨的时候，两侧车厢壁上、车尾拴帆布的绳子上，一串猴似的坠着些娃娃，喊着叫着护送汽车进镇，那场面好让人新奇。连司机也不敢开快，一路摁喇叭，慢慢地滑行着进镇上来。脾气好的司机任由娃娃们闹，边开边笑眯眯地看他们撒欢，脾气不好的也不好多说什么，黑着脸开就是了。反正汽车一开进也萨，就成了大家的东西了。

赵老七也把儿子赵老八驮在肩上，挤在人群里看热闹，还不忘记对刚咿呀学语的儿子教导几句：“老八，将来长大了，当个司机开大汽车。让你爹也坐一回汽车享享福好不好，儿子？”

听见的人说：“哎呀，老七会占便宜呀，人家司机成你儿子了？”

赵老七嘿嘿地笑，争辩两句：“你怎么知道我儿子将来就不会当司机？这世上的事说不清的！”

安玛和阿莉、大萍三个也是要来看热闹的，长大了的小姑娘矜持些，搂肩搭膊站在人后看。汽车这东西太有魅力了，谁也抵抗不了。三个人中，安玛和大萍都是坐过汽车的，虽然次数不多，但毕竟坐过，只有阿莉一回也没有坐过。阿莉愤愤不平地说：“这东西到底有什么好？放的屁臭烘烘的，熏死人了。请我坐我都不耐烦坐！”大萍和安玛互相使个眼色，含蓄地笑。

阿莉似乎感觉到她们那一分优越，生气地跺跺脚：“不看了，回家。”两个人忙一边一个拉住她，哄她说：“再看一会儿，我们一起去台子下面踢鸡毛毽子玩。”

三个人拉拉扯扯挤进人群，看到解开的帆布下面钻出来一串娃娃，两个女孩，三个男孩，高低不齐，显然是一家兄弟姐妹。面对一大群围观的人，他们有些紧张，却又竭力表现出轻松和随意。尤其是领头的大哥，老练地对围在身边的娃娃挥挥手说：“退一点，退一点。搬家都没有见过呀？老二老三你们看好东西啊！”

少年白大林一回头，不经意地和三个女孩的目光相遇了。

安玛清楚地记得，白大林到也萨那天穿的是一件白布对襟衬衫，灰布裤子，脚上套一双棕色的塑料凉鞋。精精瘦瘦的男孩，眼睛却格外有神。和他目光相遇的一刹那，安玛觉得有一种东西轰然作响，一股热流从头顶贯通到脚底。她怔怔地站着，望着那些忙碌的身影，有些呆了。

阿莉的目光追逐的是白二林的身影，一个比哥哥还高出一头，眉清目秀的男孩。阿莉悄悄附在安玛耳边说：“高的这个长得好看，是不是？”

大萍掐她一把说:“你喜欢他?”

阿莉说:“你才喜欢他,我不过是随便说说。安玛你说是不是?”安玛正愣愣怔怔地看着白大林的身影呢。

阿莉对大萍使个眼色说:“有人魔怔了?小心看进眼睛去拔不出来哦!”安玛醒过神来,又去掐阿莉。

白大林的妈妈是从另外一个公社的邮电所调到也萨来的。白大林的爸爸也在城里工作,和安玛的爸爸在同一个单位,两家大人原本就熟识。白家最小的白三林只有五岁,然后每个孩子大两岁,像阶梯似的排列上去。中间是两个女孩子,大的叫白小燕,小的叫白小兰。

邮电所突然成了全镇人关注的焦点。安玛走到哪里,都能听见有人在说白家的事。特别是白大林,年纪不大,竟然会发电报,经常替他妈妈坐在电报房里,嘀嘀嗒嗒地敲,头上还戴着耳机,太神秘了!之前大家只在电影上看过发电报,不是地下党就是特务,都是些神秘的人物。现在一个少年竟然坐在大家看得见的地方发电报,太让人惊讶了。

电报房原本在里间,平时没有人能看到邮电所的人是怎样发电报的。白家来了后,因为人多,就把里面的大间用来住人,电报房搬到临街的一间小屋子里。这样每天都会有人趴在窗口看白大林发电报。

阿莉和大萍都去看过。她们没叫安玛,说是找不着她。可安玛总觉得她们是在撒谎,自己每天都在供销社的地盘上转悠,怎么会找不着呢?

阿莉认真地说:“我们去弹棉花那里找过你,人家说不知道。樊师傅还说你编吊死鬼的故事吓唬他。”安玛说："我没有编，你们也知道那里面真的吊死过一个人的，是吧，大萍？"大萍点点头："听说舌头都吊得有一尺长，吓死人了！我晚上都不敢从那里过。"阿莉说："我们都知道是真的。樊师傅胆子小嘛，听说现在晚上出来上厕所都要他媳妇陪着，太好笑了！"

安玛也想笑，咬住嘴唇忍住了，问她们："白大林真会发电报？"

大萍眉飞色舞地说："真的，就像电影上的特务似的，嘀嘀嗒嗒地敲。他也不理我们，太没意思了，会发电报有什么了不起呀！"

阿莉说："就是，没意思。人家电影上都是女特务发电报的。"

安玛更想去看看了。

白大林比她高一年级，上初二。每天下课，都能从门缝看见他瘦瘦的身影闪过，他似乎有意无意地往安玛的教室里瞟。一天下课后，他们终于在楼梯口相遇了。白大林笑着说："你叫安玛，是吗？"

安玛说："你怎么知道？"

白大林不说，却问她："你为什么不来邮电所看我发电报？好多人都来过了，就你没来。下午放学后你来，好不好？"

安玛的脸红了。她瞥见白大林的眼睛有光点闪动，和身边那些粗野的男生好像有点不一样。这光怎么会让人心神不宁呢？

放学后，安玛装作写作业，磨蹭着等阿莉、大萍都走了才离开学校。她到邮电所的时候，白大林已经在电报房里坐着了，头上果真戴了副耳机，端坐在靠背椅上，像个大人似的一脸严肃。见安玛在窗口露脸，他忙跑过来打招呼：“安玛你来了！我还以为你不来呢。对了，我还给你留着样东西。”

他从口袋里掏出两个绿皮核桃递出来：“这是我同桌的同学从家里带来给我的，送给你。”安玛那天下午看到了白大林特地为她表演的发报，还收获了两个大核桃，既高兴又惶惑。白大林的妈妈姓孙，瘦瘦高高的，齐耳短发，眉眼和白大林十分相像。她从屋里出来说：“大林你在和哪个说话？咦，这小姑娘是谁？”

白大林忙说：“是供销社宁阿姨家的，她叫安玛。她妈妈和你认识的。”孙阿姨哦了一声，摸摸安玛的脸，有些奇怪地问：“刚搬来几天啊，大林你怎么谁都认识？”白大林得意地说：“我认识的都是供销社、卫生所、学校的人，又没有乱认识那些街上的。”孙阿姨点点头，说：“对对，不要和街上那些野孩子搅在一起。看看，安玛这孩子多文静啊！”

白大林背着妈妈悄悄对安玛眨眨眼睛，得意地笑了。安玛的脸有些发红，咬着嘴唇一转身跑了。

教室楼后的坡地上有几排树，桃树、李树、樱桃树，都是修建学校时新栽下的。不过一两年时间，这些树就抽枝拔叶，枝繁叶茂。春天开出些粉红、粉白的花朵，山野的气息中就多了些浪漫温馨。

安玛觉得自己也像树似的悄悄长着，往年穿的衣服，一夜之间袖子就短了，像是被谁偷偷裁去了一截。

过几天，裤脚又吊起来，露出一截白白的小腿，让人难为情。妈妈感叹说：“你这孩子是怎么长的，发的那几尺布票，赶不上你长得快！”妈妈虽然在百货门市卖布，可是自己要买布，还是要一丝不苟地按规定交布票。

安玛知道妈妈为什么感慨。小舅舅在老家找了个媳妇，写信来要妈妈帮他买布结婚，要买好几套衣服的布料，妈妈愁得直皱眉头。朱玉把自己的布票拿了几尺出来，说是先借给妈妈，以后再还。妈妈不好意思地推辞：“那怎么好意思呀！”朱玉说：“一个屋子里住着，一家人似的，有困难就是要互相帮助嘛！”

她和梁医生的恋爱，已经到了大家都知道的地步，都说郎才女貌，挺般配的一对。梁医生不时到供销社来，更多时候是朱玉到卫生所去。梁医生有一间单身宿舍，俩人方便些。在这场恋爱中最受伤的是小刘阿姨，她一气之下干脆搬出宿舍，到生产门市去住了，说眼不见心不烦。小刘阿姨还对人说要不是朱玉中间插一腿，她跟梁医生早就好上了，梁医生把照片都送给她了呢！

朱玉什么都不知道似的，见了小刘阿姨照样打招呼，也不管她脸色好不好看。

罗秀英在台子下乘凉的时候对人说起朱玉，悄悄伸出个大拇指：“厉害角色，小刘哪是她的对手！只怕被她卖了还要帮她数钱呢！别看她一脸都是笑，那是笑里藏刀。”

这话不知道怎么就传到朱玉耳朵里了。安玛听见她委屈地对妈妈说：“老宁你说句公道话，我到底惹谁了？笑脸相迎也成了罪过？人心怎么这么坏呀？”

妈妈只有好言安慰，让她别往心里去。往后安玛看见朱玉遇见罗秀英时，也没事人似的，一点也没有不高兴的样子，安玛好生佩服。谁要是背地里说了她的坏话，她早气得嘴嘟成小喇叭了，才笑不出来呢。

朱玉还摸着三萍的脸，直夸她长得好看。三萍的脸长得跟苦瓜似的，一点都不好看。安玛心想，大人真是无聊呀，都是些虚伪的人。

安玛刚刚在课堂上听大李老师讲过这个词，虚伪就是对人不真诚，嘴里讲的和心里想的不一致。安玛感觉阿莉也很虚伪，她听说安玛竟然一个人去看白大林发电报，白大林还送了安玛两个核桃，明明心里忌妒却装出没事的样子说："白大林也喊过我去看他发电报，我没有答应。我妈说过姑娘家家不要随便跟男的来往。"

安玛脱口而出："阿莉你好虚伪！你说过长大了要嫁同志的。"

阿莉生气了："胡说八道！我没说过这样的话，你编的！"

"你说过的，说过的。"

"安玛，我以后再也不跟你说心里话了。"

"我不喜欢虚伪的人！"

俩人吵了一架，好几天不说话。

星期天，白小燕和白小兰来供销社找安玛，又叫上大萍一起去邮电所玩。安玛说："要不要叫上阿莉？她也很想看你哥哥发电报的。"

白小燕瞪大眼睛，一脸纯真地说："就是你们班上那个梳辫子的女生？我听说她妈是神婆，尽搞迷信活动。我妈妈不会让我们跟那种人玩的。”

安玛心里有些内疚，总觉得对不起阿莉。其实阿莉平时算不上虚伪，是个心直口快的人，不像大萍藏得住话。白小燕姐妹刚来也萨没多久，却也懂得人以群分了。可怜的阿莉。

好在第二天上学，阿莉听安玛说到白大林家去玩的事，也没有表现出生气的样子，只是淡淡地说了句：“你们同志家的娃娃嘛，命好。我昨天在地里拔了一天猪草，手都被刺扎烂了，你看。”

她伸出的一双手，果然有好几处还留着血痕呢。阿莉咬着牙发狠：“我一定要好好读书，将来到城里去。白大林算什么？我要嫁个比他稀奇的人，你等着瞧好了。”安玛被她眼睛里闪动的光吓住了，半天说不出话来。

阿莉撇撇嘴：“安玛，你还说我虚伪吗？我可什么都告诉你了。”

安玛喃喃道：“阿莉，你不虚伪。”

白大林的出现，把三个女孩的安宁悄悄破坏了。

白大林是个聪明的男孩，随便拿几张纸就能折出枪呀炮的，或者是鸡呀狗的，他学习又好，刚来没多久老师都喜欢他。初二的班主任是个师范学校毕业刚分来的小伙子，姓王，总爱拿他和那些落后的学生比：“你们看看人家白大林，那脑子怎么长的？你们又是怎么长的？人跟人怎么就不同呢！”

有的农村同学心里不服气，故意气老师：“王老师，人家是同志家的娃娃，是吃米饭长大的。我们农民家的娃娃，是吃苞谷饭长大的，怎么比呀？反正我们将来也是要回家种地的。”王老师气得说不出话。

白大林对三个女孩一视同仁。他给安玛送了两个核桃，后来又给大萍送了两个桃子。就是阿莉他也没有忘记，找机会给她送了只纸折的小狗，把阿莉高兴得不得了，悄悄对安玛说：“他不嫌我是农民家的娃娃，没有看不起我吧？”

三个人之间还是有了些微妙的变化。大萍再去邮电所玩的时候，故意忘记叫安玛，自己一个人带着二萍就去了。第二天才给安玛说：“我是带二萍去找白小燕和白小兰玩的。下回我一定叫你。”

阿莉也独自叫上白大林兄弟，背着三婆，去自己家地里拔了回萝卜，大萍和安玛都不知道。白二林在教室见到阿莉时说漏了嘴，他说：“阿莉，你家的萝卜好甜哦，哪天再带我们去拔，好不好？”阿莉不好意思地对安玛说：“那天他们两个是碰巧遇见我在地里，才拔给他们吃的。安玛，你要喜欢吃，哪天我也给你拔两个。”

安玛撇撇嘴，心里不太舒服，有一种被人出卖的感觉。

放了学三个人还是像从前那样，勾肩搭背亲热得很，只是这朵花的花瓣不像从前那么紧密了，似乎每一瓣都有了自己的心事。

连梁医生都看出了她们的秘密。有一回他在卫生所门前拦住安玛和大萍，笑着问：“告诉叔叔实话，你们喜欢白大林还是白二林？”

安玛和大萍的脸一下子变得绯红，安玛嘴快：“你呢，喜欢朱玉阿姨不?”

梁医生一本正经地说：“当然喜欢了，要不我怎么跟她谈恋爱呢!”他这么实在，安玛倒不知道怎么说了。

大萍问他：“你要和她结婚吗?”

梁医生说：“你们两个，将来要和白大林、白二林结婚吗?”

两个女孩一下子全扑上去打他，揪他的头发。梁医生连忙告饶：“不说了，不说了。两个鬼丫头呀，开个玩笑都不行吗?”

俩人跑出去好远，突然停住脚，安玛先说了句：“梁医生好流氓哦!”

大萍也说：“大流氓!”

俩人的脸一瞬间都红得像苹果。结婚，是一个女孩子天大的秘密，梁医生竟然那么轻松地开着玩笑就把它说出口了!

梁医生是真的很快要和朱玉结婚了，朱玉正悄悄为自己准备着嫁妆呢。今天买块花布，明天买个脸盆，不显山不露水地准备着。别人肯定不知道这些，可安玛跟她住一间宿舍，哪能不知道呢！朱玉的床底下塞了两个纸箱，满满的全是新买的东西。

可是当安玛妈妈问起她结婚的事，她的口风还很严：“我还小呀，等几年吧。再说，他也没有主动说起，我怎么好先提呢。”妈妈是个热心肠的人，忙说：“这种事你是不好先开口的，要不要我跟小梁谈谈，问问他的想法?”朱玉羞涩地笑着。

不过，安玛妈妈跟梁医生的谈话，似乎没有什么效果。梁医生说："再等等吧，我要回趟老家，买点木料打几样家具，还得通知家里的老人一声。"

过了几天，梁医生回了趟老家，回来后却再没有提起结婚的事。妈妈在朱玉的央求下，又当了回说客，带着安玛来到卫生所找梁医生。他闷闷地说："大姐呀，结婚的事再等等吧，不是我不想结，是真有难处呀！"

妈妈说："是不是家里老人不同意？"

梁医生点点头，又摇摇头。

安玛看见他的眉头皱得跟虫子似的，不由得想笑。他那天还拿结婚来逗人玩呢，没想到轮到自己结婚，竟然害怕成这个样子？大人真是虚伪！

妈妈也没有办法，只好对朱玉说："等等吧，再等等。男人有时候是害怕结婚的，结了婚就不自由了。"朱玉依旧羞涩地笑着说："我倒没什么。"

没几天，镇上发生了一件恐怖的事情，安玛的视线从朱玉的婚事上转移开来。这件事还是和结婚有关系。不知道是谁看邱医生二十好几了还没结婚，介绍了街背后村子里的姑娘秀秀跟他处对象。秀秀人长得不算漂亮，但还算端庄大方。她是真的喜欢邱医生，安玛上学的路上时常遇见她提着白菜、萝卜送去卫生所。有时候秀秀还端着盆到小河边，给邱医生洗衣服。安玛和阿莉看到后互相使个眼色，怪叫一声："邱医生来了！"然后撒腿就跑。

秀秀红着脸嗔她们："乱叫什么！邱医生在卫生所给人看病呢！"

可是，没有人知道邱医生心里是不愿意一辈子在乡下生活的。别人给他介绍秀秀，他半推半就，说处着看看吧，并没有真把她当对象。吃了她提来的萝卜白菜，当着人面就付钱给她，还把衣服藏起来不让她洗。

后来，邱医生在城里找了个女朋友，是卫校毕业的，在城关卫生所做护士。秀秀听到风声后，就找到邱医生，提出要跟他结婚。

据说邱医生很惊奇地问："我为什么要跟你结婚?"

秀秀说："我心里早就是你的人了，大家都知道我是你对象。"

邱医生搓着手，牙疼似的叫着："哎呀，哎呀，真是误会了！你怎么会是我的人呢？你是你自己的人。"

秀秀说："我不管！我就是你的人!"

可是事情没有这么简单，秀秀的家族在镇上是有些势力的，她有三个哥哥，还有好些叔伯兄弟。他们听说后便找上门来，要邱医生表个态。

邱医生两手插在白大褂里，拧着头说："你们要搞逼婚那一套不成？婚姻自由，任何人不能包办!"

那些人只说："给你三天时间，好好想想。"

第三天很快到了。

那天安玛放学，去卫生所找张医生要针水瓶。刚刚走到门口就见秀秀家的一帮人冲了进去，风似的卷进卫生所。邱医生在一楼东头的屋子里看书，那些人直接就动了手。嘭嘭嘭的，既像在打棉花包，又像樊师傅弹棉花。安玛从窗户望进去，邱医生被人摁在床上，拿手电筒往脑袋上砸，鲜血喷涌而出，瞬间把墙壁染红了。

安玛吓得蜷在墙根下面，不敢再看。

梁医生、张医生闻讯赶来，那些人像风一般，早就卷走了。邱医生像堆烂棉絮似的瘫在地上。张医生惊叫起来："天哪，太凶残了，把人打成这样！"

梁医生心情复杂地叹口气说："邱医生悲壮啊，宁可被打成这样，也不愿意娶自己不喜欢的女人！"

张医生说："别说了，赶快抢救！"

安玛回家晚饭都吃不下，邱医生殷红的血迹总在脑子里闪动。妈妈责怪她："你这孩子，真是十处打锣九处在啊，跑到卫生所去干什么？这种事也让你赶上了，真是吓人！"

幸好，邱医生经过抢救，没有性命危险。但他借口治伤，回到城里再也不肯回来。秀秀才让也萨人奇怪呢，她不但不感谢那些打人的哥哥，反而追着他们骂："哪个请你们去打人的？你们坏我的名声，要害我一辈子嫁不掉，留在屋里做老姑娘？你们好狠的心哪！"一个哥哥在台子下面当着人骂："这个疯婆娘，要学大白花呢！早知道她这么不识好歹，老子管她做什么！"

一天下课，白大林在楼梯口堵住安玛，笑着说："那天你真的在卫生所看见邱医生被打了？"安玛点点头："真的。"白大林夸她："你好勇敢哦，竟然敢看那么恐怖的场面，我最怕血了，看人出血都会头晕。"安玛晕乎乎地说："我不怕，我最想当医生了。"白大林说："我就喜欢勇敢的女孩，不喜欢那些动不动就一惊一乍、矫揉造作的。大萍昨天看见只耗子，吓得鬼叫。"

安玛真的晕了，白大林的眼神惊起一片波澜。

又一个冬季悄然而至，冷得让人打战。上完初一的上学期，安玛就要离开也萨，进城去上学了。爸爸终于为妈妈办好调动手续，一家人要团圆了。

可是安玛却没有进城应该有的激动，她有些舍不得也萨。不说别的，单是每天晚饭后台子下面的欢乐，就足以让她牵挂。城里还会有这样自由的天地吗？她不知道。

晚上，三个女孩约着坐在台子的一侧玩。现在她们不大玩抓子子宝的游戏了，只是高高坐在台子上，看那些一、二年级的娃娃玩。说起安玛进城的事，阿莉生气地说："安玛你好虚伪，进城读书是多好的事情啊，还要装出不高兴的样子。换了我，早就高兴疯了！"大萍沉得住气，矜持地说："我们家迟早也是要进城的，我爸爸说他正在给我妈妈联系工作，快了。"

阿莉有些失落，叹气道："你们都走吧，同志家的娃娃就是命好啊，剩下我们农民家的娃娃，在这山沟沟里混着吧！"安玛安慰她："你好好读书，高中考进一中去读，我们不是又见面了？"阿莉眼睛里闪着光，赌气似的说："反正我是不会一辈子待在这里，我总是要走的。"

母猪"骑"着根树枝跑过来，笑嘻嘻地说："阿莉你说你要走？你去哪里，是不是要嫁人了？"

阿莉跳下去追着他打，边追边骂："臭母猪，你姐姐才嫁人呢！"

母猪边跑边回头叫："以后不准再喊我的小名，我叫张正富。"

阿莉说："就喊你母猪，臭母猪，脏母猪！"

安玛和大萍也跳下台子，拍着手给阿莉助阵。母猪惹不起她们，"骑"着树枝很快跑得没影了。

多么让人怀念的夜晚啊。头顶有星星闪着光，童年却像一颗快速坠落的星星，只剩一个美丽的尾巴。安玛看着夜空，突然发出一声悠长的叹息。那叹息中竟然有了淡淡的惆怅和落寞。

在冬季结束之前，小镇上还有一件事发生：有云儿要嫁人了。

听说她要嫁到一个离城只有十多里地的村子，给一个死了媳妇的男人做填房。安玛听到这个消息时，赵老七的女人惊乍乍地说："好歹是个姑娘家，怎么嫁个二婚男人？"旁边有人笑着："有云儿也能算姑娘家？有人要她就不错了，她还敢挑？"

赵老七的女人说："不管怎么说，她毕竟是第一回嫁呀！听说嫁过去就给人当妈。"

听的人都感叹："哎呀，啧啧啧！"

有云儿的出嫁十分潦草，没有别人家那样铺排。几个弹棉花的师傅竟然因此生气。下楼时，安玛听见樊师傅失望地对人说："铺盖都没有来找我弹一床，这嫁的什么姑娘呀！"王四爹也说："是呀，我们用的是多好的棉花呀，白生生的。是不是嫌我们手艺不好？"王五爹说："不会吧，我看是穷，没钱。说起来嘛，孤儿寡母也怪可怜的啊！"安玛不敢多听，怕樊师傅看见又冲她翻白眼。那回她讲的事情是真的吓着樊师傅了，每次见了她樊师傅都没好脸色。

安玛发现，听到有云儿要出嫁，最高兴的是镇上的年轻媳妇们，她们不用再担心自家男人会不会跟有云儿鬼混了，总算是卸去了心上的一块大石头。安玛听见几个女人说起这件事，高兴得合不拢嘴，就像是自己要嫁人一样。

安玛很想去看有云儿出嫁，可她不知道具体的日子。再说，有云儿家只有娘儿俩，在镇上的名声又不好，恐怕只有冷冷清清地嫁人了。安玛只能在心里想想。

安玛开始明白，女人的出嫁就是人生的一次离别。她以后恐怕再也见不到有云儿了。安玛长久地看着半山腰上那个草棚，希望看到有云儿的身影。

听说有云儿是太阳还没有出山的时候走的。看见的人说，她的婆家娶她娶得很潦草，连马都没有一匹，是走着路去的。

几天后，安玛来到有云儿家山头上的草棚前。有云儿的妈妈拄着拐在门前的树下呆立着，脸上挂着泪痕，“走了好，终于走了。扔下老娘不管了！”

安玛说：“那你怎么不跟有云儿一起去呢？”

独腿女人嗔怪地说：“哪有带着妈嫁人的？再说，我自己还有放不下心的事情呢！”

安玛恍然大悟：“你是牵挂着有云儿的爹吧？他在你的铺底下埋着呢。”

女人皱起眉：“怪事情，你怎么知道的？可不要乱说哦！”

有云儿的出嫁让安玛失落了好些天，以后再也见不着她美丽的身影了。

好在世界上最不缺少的就是悲欢离合的故事。有云儿从安玛的视线里消失之后不久，又来了一个女人。

那是个二十出头的女人，穿身蓝阴丹士林的大襟姊妹装，系块青布绣花围腰，头上包块白布帕子，典型的乡下女人的打扮。人长得不难看，秀气，只是面色有些悲戚。她开口讲话时，所有的人都被她的故事吓了一跳。她竟然说她是梁医生的媳妇！挤在人堆里看热闹的安玛吓得不轻，梁医生是有媳妇的人？那他怎么还跟朱玉谈恋爱呢？

那女人揉眼抹泪地说："我都嫁给他几年了呀，就是他从卫校毕业那年办的酒席。现在，他不认我了，要撵我回娘家去。"

听的人都说："真是想不到呀！梁医生怎么会是那种人呢！"

安玛飞快地跑回供销社楼上，推开门对妈妈说："不得了呀，出大事情了！"

妈妈正和朱玉聊天呢，朱玉端着个口缸，小口小口地喝水，文静极了。妈妈瞪安玛一眼说："看你咋咋呼呼的，怎么就没个姑娘样！"

安玛想说，看看朱玉又忍住了。

妈妈问："到底出什么大事情了，你倒是说话呀！"

安玛吞吞吐吐地说："梁医生……梁医生的……媳妇来了……"

"砰——"朱玉的口缸砸到地上，水花溅得满地都是。

温热的水珠飞起来洒到安玛手背上，泪珠似的。

春天开始的时候，安玛终于要离开也萨了。绿色正一点点浓起来，树梢的叶片悄悄地变化，感知着春意。遇上赶场的日子，小镇后面山上的人依旧牵成线一样向山下拥来。真的要走了，安玛心里依依不舍的感觉更强烈了。

安玛是坐汽车进城的。这就决定了她不能悄悄淡出也萨的视线，而是要在大人娃娃的注视下一步步告别。在这个小镇，每一个坐汽车进城的人，都会受到这样的礼遇。

一辆解放牌大卡车，蒙着厚厚的帆布，倨傲地端立在小街正中，接受着人们的追捧。遗憾的是妈妈还不能一起走。朱玉病了，请了几个月的长假回城去养病，百货门市缺人手，妈妈主动要求留下来，说等有了人接手工作再走也不迟。她让安玛先行，赶在开学前去一中报到，还特意找了辆顺路车给安玛坐。

娃娃们过节似的欢跳着，母猪挤过来问她："安玛，你以后还回来不？你不怕城里人欺负你啊？"

安玛白他一眼："不怕！我看谁敢！"

母猪失望地说："我才不想进城呢，我又不认识他们。"

安玛的目光在人丛中搜寻着。

终于，她看到了阿莉和大萍的身影，她们俩拉着手站在人后，远远地看着她。一朵花的三片瓣呀，现在只剩下两片。进城，在三个女孩子之间突然筑起了一道看不见的防线，人也变得生分起来。她们远远地瞄着安玛，眼睛里写满了距离和陌生。这让安玛心里很不舒服。就要走了，连话都不过来说一句吗？

司机招呼她："快上车吧，小姑娘，要开车了。"

安玛进了驾驶室坐下来。在那么多目光的包围下，她羞涩地低下头，不敢看车下的人。突然有人拍车门，安玛抬起头，那人竟是白大林。他笑着说："刚刚我在帮我妈妈发电报呢，听说你要走了，来送送你。"

安玛的脸一下子红了，白大林站在车窗下的身影很瘦小，只有那双大眼睛闪着炯炯的光，让安玛不敢正视。他羡慕地说："能进县一中读书，真是太好了！我以后也要想办法进城去读书，你帮我打听着点，看能不能转学，好不好？"

安玛点点头。她知道阿莉和大萍一定在远处看到这一幕了，不知道在怎么样说她呢。汽车开动的瞬间，白大林突然塞进张纸条，急促地说："进城再看。记住，以后我会给你写信的。"然后招着手叫着："再见了，安玛！"

再见了。

安玛喃喃地重复着。也萨的村子、树木、天空、人群，一点点倒退着，缓缓消失。再见了。

安玛的手背上，悄然落下了一滴泪，像一颗珍珠。

下篇：风中乌城

乌城不是座默默无名的城。

它坐落在乌峰山南麓，曾经是彝族先民的地盘，还留下那么多征战的痕迹。刀劈斧凿的险峰比比皆是，养育出的民族剽悍无比，英勇善战。城后的乌峰山俯瞰着小城。

山太高，云都飘不过去，绕着山，飘成了一条条蓬松的玉带。人也硬，走起路来咚咚地响，说起话来会迸火星。

城外盛产煤，一块块乌黑发亮的煤。家家都烧大火炉，城里一年四季就有了挥之不去的煤烟味。每年冬天都会传出有人被煤烟熏倒的消息，可从没有人想过要把大火炉搬出屋去。似乎没有火炉，一家人就没有了聚集的中心，没了主心骨。

有了火炉，乌城人吃饭也简单。一年四季在火炉上支口铁锅，锅上放块三寸宽二尺长的火锅板。锅里煮上沸腾的红豆酸菜汤，板上放个蘸水碗，放碟咸菜，一家人围着火炉，就热火朝天地吃开了。

长年这么吃，乌城人的牙就变成了黄牙或者黑牙，都说是被火锅烫的。但乌城人不管这些，乌城人爱吃酸，简直嗜酸如命。大街小巷里，除了煤烟味，剩下的就是酸菜味了。

那些曾经鲜活地在乌城土地上生息过的人们呢？他们的面孔、气息、铿锵的话语，仍清晰如初，鲜活地存封在安玛的心灵深处。

安玛感觉，如今那座钢筋水泥的乌城不是她的。

牡　丹

在乌城，每家都有一口大缸腌酸菜。那可不是一般的酸菜，那是用大石头压实发酵，闻着味就让人流口水的酸菜。

乌城人没什么零食可吃，大人小孩没事的时候，就从自家缸里摸一片酸菜，倚在窗台上，边看街景边撕酸菜吃，那真是幸福无比。据说乌城人到外地，几天吃不到酸菜，就感觉活着都没劲。

安玛就是在进了乌城之后，才慢慢培养起对酸菜的深切感情的。

在刚刚进城的安玛眼中，乌城的一切都透着新鲜。但最让她惊讶的是一中的操场，竟然可以让六七个班的学生同时上体育课，有那么多个并列的篮球场让学生们放开了撒野。安玛第一次站在一中的操场上，有些发晕，仿佛身处无边的草原，四周的人流如潮水般涌来，随时可以将她淹没。

天地开阔得让鱼无所适从。安玛就是那条鱼，晕晕乎乎游进了初一三班，晕晕乎乎撞进了金牡丹的视线。金牡丹是班花，也是校花。

好多年过后，安玛还清晰地记得那天的金牡丹，穿的是一件橘红色的灯芯绒外套，上面缝着黄色的玻璃扣子，在一片灰蓝色的人群中，格外抢眼。

那可是灯芯绒呀！在很长的一段时间里，灯芯绒都是安玛和许多女孩的梦。

也萨也有人穿灯芯绒，可那都是说下婆家的女孩子，穿的是婆家送来的聘礼，所以在人前难免就穿出些理直气壮。镇上即将出嫁的女孩，跟婆家要得最多的聘礼就是三套灯芯绒衣服，否则婚事免谈，把婆家为难得直叹气。安玛亲眼见过，一家的婆婆路过台子，给人诉苦："灯芯绒又不是地里的萝卜白菜，那是灯芯绒啊！就算我想办法凑齐那么多布票，供销社也没有那么多灯芯绒卖给我呀！这到底是娶媳妇呢还是娶祖宗！"

个别穿得起灯芯绒的，一般穿的是蓝色、黑色。但也萨的女孩喜欢大红色、天蓝色的，穿起来抢眼、生动。至于有花的灯芯绒，那差不多是灯芯绒中的极品，很少能见人穿。

现在安玛眼前的这个女孩，穿的不是也萨的女孩喜欢的那种大红色灯芯绒，而是安玛从来没有见过的橘红色的灯芯绒。这种颜色脱去了土气，透着些高贵。而且她的灯芯绒条纹还很独特，不是以往见到的那种细细的、田垄似的条纹，而是粗条纹，有一般灯芯绒的两条那么粗，更有一种不容忽视的特殊性。

这女孩的笑也因此而变得灿烂无比。安玛很惶惑，说不清是因为灯芯绒，还是因为那张银盘似的脸。

女孩笑盈盈地说："你是转学来的，我知道你叫安玛，老师在班上说过。我叫金牡丹。你这件衣服谁给你做的？"

安玛身穿一件蓝色卡其布衣服，是也萨女孩子穿的姊妹装样式，偏襟，布疙瘩扣子。在金牡丹的金光映射下，安玛有些透不过气来。上课铃救命似的响了起来。

金牡丹没有再追问关于衣服的事，但她对安玛的兴趣有增无减。现在，她迫切想知道的一件事，竟然是安玛的牙。她想看看眼前这个女孩的牙到底是什么颜色。

乌城的男女老少不可救药地都长了一口黄牙或者黑牙，就连金牡丹这样的女生也不能幸免。有人说是乌城的水有问题，有人说是乌城的酸菜，总之害得一些长得漂亮的女孩子，也不敢嫁到外地去。好在大家都差不多，也就见怪不怪了。

因为羞涩，因为陌生，安玛在不得不对同学笑一笑表示友好的时候，总是用手捂住嘴。从来没有人教过她“笑不露齿”，倒是眼前这个陌生的环境，一群陌生人让她感到压抑和紧张。她不敢像以往那样无拘无束地笑，也不敢大声说话。除了上课，其他时候总是惴惴地低头玩自己的书和笔。

金牡丹大约觉得安玛和那些真正的乡下同学有些不同，有点陌生的吸引力，就更想探出关于她的牙的谜底。终于有一天，安玛被金牡丹给逗笑了，忘了捂嘴，露出一口白牙来。金牡丹惊呆了，这可和她期望的不太一样，这个乡下女孩竟然有一口和所有女生都不同的白牙！金牡丹非常失望，悻悻然回到座位上，一堂课都闷闷不乐。

安玛没有想到，因为牙白的缘故金牡丹竟然和她做了朋友。每天放学金牡丹会叫她一起走，上学也专门跑到安玛家来约她。金牡丹会紧紧地挽住安玛的手，做出亲密的姿态。而安玛还不知道，金牡丹在一中是个多么有名的人物，学校领导、老师、扫地的工人，很少有人不认识金牡丹。一路上，金牡丹都溢满笑意，不断地转来转去和人打招呼。还把安玛介绍给大家："这是我们班新来的安玛，牙可白了！"

探寻的目光落在安玛的脸上。可是安玛紧紧抿了嘴，牙齿不肯露出来，金牡丹叹气："安玛你怎么不给我点面子？我说你牙白你就配合一下，笑一笑好不好？我要有你那一口白牙，我天天对着乌城人笑，让他们看个够！"

安玛有些生气，挣脱她的手自己走。金牡丹追了几步，笑着说："不看就不看。晚上下自习，我带你去看电影，可以吧？"

很多年过后，读到一篇外国小说，安玛恍然大悟，当年那个瘦瘦小小的从乡下进城来的安玛其实是不可选择地做了金牡丹的陪衬，像一片被风吹到花下的绿叶。金牡丹名副其实，光华灿烂。人长得出众，有穿不完的漂亮衣服，有很多零花钱。更重要的是，她还有一个在电影院卖票的妈妈。在那个年代，电影院的售票窗口，是一个让人羡慕的地方。那些年的夜晚，除了看电影，人们实在想不出还有什么更好的娱乐。看电影就成了一件重要的事情。

安玛发现，金牡丹的知名度在很大程度上和乌城人爱看电影紧密相关。那些对着她笑、在路上亲热地和她打招呼的人，十个有九个都希望和她建立起友好关系，等到新电影上映时能沾她的光，买到一张位子比较好的票。安玛还没有意识到自己和金牡丹的关系，竟会带来看电影的便利。

安玛也怀念和阿莉、大萍在一起的快乐时光。可是城里比乡下好，这是大家都懂的道理。现在安玛进城了，有了金牡丹这样的朋友，可以不买票就进电影院，她们却还留在也萨。

安玛有了新的烦恼。在金牡丹的映衬下，她越来越感觉到自己的衣着寒碜。穿来穿去，就是那件蓝卡其的偏襟姊妹装和一件灰色外衣，一条青布裤子，总是晚上洗了烤在火炉边，第二天再穿了去上学。她嗫嚅着向父亲提出想做一件新衣服，父亲瞪大眼睛看着她，愤愤地说:“现在的孩子真是不知足！你知道我小时候穿什么？破衣烂衫，一件衣服总是补丁摞补丁，穿成筋筋条条也舍不得扔。你看看你，小小年纪穿的是什么？卡其布啊！还不知足。”

安玛被说得低下头，沮丧到了极点。父亲的衣服也不好，好多地方都打了补丁，可他一点都不在意。

春天的乌城，细雨像牛毛一样，烂泥浆总是在脚下发出吧唧吧唧的声音。一中在城南的低洼地带，学生们从东、西、北三面会聚而来，有力的步子把地上的泥浆踩得四下飞溅。每个人的鞋上、裤脚上都沾满了泥点子，却没有人在意。家境好的学生脚上穿着翻帮皮鞋，踩在泥水里无所顾忌，差一点的也会有一双雨鞋，黑色，亮闪闪的光面，沾再多的泥点子，用水一冲就干净了。

一到上学时间，大街两边的商店里、小食馆里的人都袖着手，伏在柜台上，兴致勃勃地观看这热闹的场景，指指点点地说："瞧瞧，这些年轻人，走路都像小马尥蹶子，火气足呢！"

安玛没有那么幸运，她被一双鞋困扰。

进城后，安玛的身高悄悄蹿了一截，脚也比原来大了两个码，鞋子小了，若要硬穿，脚后跟就像鸭蛋似的露在外面。安玛只剩一双黑色塑料凉鞋合脚，不下雨的天还算是双鞋，可是一踩进细雨绵绵的天地里，就露怯了。泥浆包裹了鞋子，从那些原本裸露的缝隙里轻而易举地钻进来，一双脚眨眼间就成了两坨泥浆，很是尴尬。安玛每天进教室前，都要在楼下的石阶上使劲刮呀蹭的，忙上半天。进教室后，也得躲躲闪闪快步走过讲台，躲过老师和同学的视线。

偏偏金牡丹眼尖，大声地叫她："安玛，下雨天你怎么还穿凉鞋？你不冷啊？"

金牡丹穿了双非常少见的红色雨鞋，走到窗台边脱下来，里面还穿着双金丝绒的布鞋。这样金牡丹既可以不让泥沾到脚上，又能轻快地走路，下课时还可以学白毛女踮起脚尖走几步芭蕾步子。

安玛被她的叫声搞得很气恼，感觉全班人的目光都盯到自己糊满泥浆的脚上，让她无处藏身。在雨天，班上有几个乡下来的男生还穿着草鞋，女生是没有人穿凉鞋的。安玛的脸红了，低下头不理金牡丹。金牡丹却走过来说："昨天晚上我又看了一遍《白毛女》，我都会跳窗花舞了。我跳几个动作给你看?”

安玛故意气她:“你还记得上回放的长沙马王堆出土的女尸不?脚上穿两双鞋呢!”

金牡丹怔了一下,明白过来,尖叫一声:“好呀安玛,你骂我是出土女尸?你好坏,我不理你了!”

安玛低头不说话。金牡丹不会不理她,最多一堂课上完,就会忘记刚才的事。

不过,安玛的父亲不喜欢金牡丹,每回她来叫安玛上学都不给她笑脸看,背地里还告诫安玛:“人家是什么人?你是什么人?你不要跟她混在一起,放了学东游西逛不回家。你要早点回来帮着做饭、带妹妹。”父亲越说,安玛越生气。其实,安玛心里很羡慕金牡丹,别的不说,单是她的父母就让人羡慕。安玛见过金牡丹的父亲,是个大胖子,笑起来像弥勒佛似的,似乎从来不会生气。金牡丹跟他要钱,他假装不给,金牡丹就扑上前动手搜他的包,挠他痒痒,边挠边说:“金胖子,你给不给?”

胖子边喘边笑:“给你,给你。鬼丫头,名堂多!”

金牡丹还有个弟弟金强,刚刚上小学。她很得意地对安玛说:“我爸爸最听我的,我是独姑娘嘛。”安玛悄悄叹了口气。

进城之前,安玛对父亲还有些向往,他像个影子似的飘在远方,可以为梦境增添些色彩。可是真正生活在父亲身边,安玛又觉得,还是梦里的父亲更好些。父亲管她竟然比母亲还细致,这让她很不习惯。在也萨时,母亲要上班，任她放野马一般地游荡。那是多么幸福的时光！安玛真想再回到那段自由自在的生活里去，不要那么快长大。

可是，人要长大，就像树要抽枝拔节一样，都是自己不能做主的事情。

可是，等安玛希望父亲管管自己的时候，却又失望了。那双糊满泥浆的脚在父亲眼前晃来晃去，父亲竟然视而不见，这让安玛有些愤怒。吃饭的时候，她故意把脚踩在椅子上，想让父亲看见那些可怜的脚趾已经红得像胡萝卜了。而父亲只是瞪她一眼，威严地说："放下去！小姑娘家吃饭，要有规矩！"

睡觉之前，安玛终于鼓起勇气向父亲提出买一双雨鞋的要求："下雨天穿凉鞋，同学都笑我。"父亲惊讶地看着她："我就知道你整天跟金牡丹在一起混，学会讲吃讲穿了！有凉鞋穿，还怕人笑话？你知道我小时候穿什么？草鞋！乡下女孩有你这么大，早就自己做鞋穿了。你为什么不学学针线活呢？"

父亲为自己突然冒出来的念头兴奋不已，搓着手说："你都十二三岁的大姑娘了，早就应该学着做点针线活，都是你妈给你惯坏了，只知道玩。你看家里有好多旧衣服，你把它们拆了，打成布壳。我给你找个鞋样来，学学就会了。女孩子家，天生就有做针线活的本事，我不信你学不会，你又不笨。"父亲难得地夸了她一句。

安玛的眼泪差一点就下来了。父亲从来不过问自己的学习，不检查作业，却那么迫切地希望她学会做鞋子。可是安玛不敢反抗。父亲决定了的事，是不容改变的。

也萨的女人大都会针线活。吃了晚饭在台子下面玩，在街头站着说闲话的时候，手都不闲着，把手中的麻线扯得哧哧响。男人可以抽烟，可以袖着手，女人却不能。有了婆家的女孩，每年要给未来的丈夫做双新鞋、绣条裤带，这是不成文的规矩。一个女孩子的针线活的好坏，竟然可以决定她的命运和未来。

可是供销社的女孩子是不兴学针线的。三婆追阿莉回家去学针线时就说过："人家是同志家的姑娘，不学也不怕。你不学好针线，只怕将来嫁不掉！"如果阿莉她们知道安玛进了城要学做针线活，只怕会笑掉大牙的。想到这些，安玛的泪水打湿了半边枕头。

在这件事上，父亲格外雷厉风行，第二天就找单位的家属要来了小圆口、剪刀口等好几种鞋样，眼见是指望安玛学会了做鞋，给家里每个人都做上一双？这个念头让安玛很是恐惧。父亲还很破费地到百货公司买回一尺红灯芯绒，说拿来做鞋面。父亲是真的想把她培养成一个能做一手针线活的好女儿。

父亲不会做鞋，但他见过怎样做鞋，知道那些烦琐的程序。星期天一大早，父亲兴致勃勃地指挥安玛。先用面粉搅好一锅糨糊，刷到木板上，再把拆好的旧布片一片片贴上去。晾干之后，就成了一张硬硬的"布壳"。然后把纸鞋样用线钉在布壳上，照着剪下来，再把灯芯绒粘到面上，一双鞋的前期工程就差不多完成了。

"看看，做双鞋能有多难？我小时候，左邻右舍的姑娘七八岁就开始学做鞋了。给爹做一双，给妈做一双，出嫁的时候还要给公公婆婆、小姑小叔一人做一双，要摆在门前让人参观，让人夸赞她的针线活，那才有面子。”父亲叹口气，“我才三岁，你奶奶就去世了，我又没有姐姐妹妹，只有两个哥哥。我从小就没有穿过新鞋。城里的皮鞋、球鞋是好看，可哪有乡下的布鞋养脚啊！”

如果安玛乖巧点，说一句：“爸爸，我学会做鞋，一定给你做一双穿。”那父亲不知道会高兴成什么样子。可安玛不愿意说，她心里对父亲的恼意倒是少了许多，父亲的样子看起来有些让人同情。

安玛以为，粘好鞋帮，买双胶底子，再拿去请鞋匠合上，就是一双鞋了。其实，单做鞋帮就还有一道很复杂的工序等着她——要用针线一针一线地纳好，得有细细密密的针脚。可是安玛连针都拿不好呢，这一点她甚至不如父亲，多年来父亲一个人在城里生活，缝缝补补的事都能自己对付。

可在这件事上，父亲决不帮忙。他看着安玛拿针的笨拙样子，嘲讽地说：“十几岁的大姑娘了，连针都不会拿，真不知道你妈是怎么教你的！你将来的日子怎么过?”

于是，每天放学后，安玛就开始了她的女红生活。做鞋帮是一项精巧的工作，每一针都要扎在灯芯绒的凹槽里，必须又细又密。安玛戴着顶针的手还时不时被滑脱的针顶得红肿起来。上课记笔记的时候，手还有些抖，同学问起，只说不小心被火烫着了。有时候安玛做着鞋子，泪水不知不觉就弄湿了鞋面。泪水在红色的鞋面上洇开去，像一朵慢慢盛开的花。

乌城春天的细雨，像一张无边的网，弥漫在安玛的记忆里。

有一回，金牡丹来叫安玛上学，安玛坐在窗下，拿着鞋帮发呆。金牡丹好奇地接过去看：“你还会做针线活？我怎么从来不知道！”

安玛慌了，说是隔壁人家那个老婆婆的。金牡丹看看隔壁正忙着扫地的老婆婆，惊讶地说：“那么老了，还穿红灯芯绒的鞋子？”安玛忙找个借口应付过去，拉着金牡丹出了门。要是被她知道真相，就等于全一中都知道了，安玛哪里还能有平静的生活。

这个春天，唯一带给安玛快乐的是白大林从也萨寄来的一封信。

白大林比安玛大一岁，字写得很工整，透着几分飘逸。安玛从学校收发室的孙师傅手中接过信时，有些紧张，有些激动，脸都红了。这是她收到的第一封信。

陪她取信的金牡丹看看她的脸说：“安玛，谁给你写的信？”

安玛白她一眼：“我妈，我好久没有见到她了。”

金牡丹说：“那你还不赶快打开，看看你妈妈都写了些什么？”

安玛却把信塞进书包，装作若无其事的样子：“不急，晚上回家再看。”

安玛发现自己进了城后变得会撒谎了。很多事情逼着她把真相隐藏起来，说出些不相干的话。撒谎并不能让她愉快，可是不撒谎又会让事情变得更糟糕。安玛陷入两难。她对撒谎并不在行，脸上的红晕时时会出卖她的紧张不安。就像刚才，若是金牡丹追问下去，她就不知道怎么应对了。

晚上，安玛等家里人都睡下了，才在灯下打开信。

白大林给她写信了！这是让安玛没有想到的，也让她着实激动了一回。离开也萨的那天，白大林站在汽车旁，似乎想跟她说什么。当着那么多人，安玛不敢多看他一眼。那天，平时爱说爱笑的阿莉，竟然变得沉默了，紧紧拽着大萍的手，目光刚和安玛碰上，马上又闪了开去。这让安玛心里很难过。

倒是白大林，大大方方地上前和她说话，还给她递了小纸条。现在，白大林会在信上写些什么呢？安玛把信按在胸前，闭上眼睛想了半天。

安玛终于打开信，才看到第一行就吓了一大跳。白大林竟用了一个让她全身发热的称呼："亲爱的同学及朋友"，天哪！安玛紧张地四下里看看，只有自己的影子。"亲爱的"，她只在小说里看到过，这是情书才有的称呼啊！

白大林竟然写这样的信给她！

安玛的脸又红又烫，捂在被子里半天不敢露出来。她觉得好像有好多双眼睛都看见了信上的称呼。白大林给她写了一封情书！

安玛失眠了。她像一条被抛在沙滩上的鱼一样，挣扎，扑腾，饱受干渴的折磨。安玛大口大口喘气。

第二天起床，安玛一口气喝下半缸子冷水。白大林在信上告诉她，自己决定不升高中了，下个学期就到县卫校读书，将来做个医生。“安玛，我记得你说过你也想做医生的，你将来要考卫校吗?”安玛的心不可抑制地跳起来，当医生，穿白大褂，他们竟然有同样的理想!

那封信被她细心地藏在褥子底下，她实在想不出更好的地方。安玛再次背着书包走在上学的洪流中，心里突然有了一种异样的感觉。天上依旧细雨绵绵，可那细雨少了些冷意，丝丝缕缕飞在脸上，竟生出几缕从未有过的温暖。

从今以后，安玛有了一个不能与人言说的秘密。

风景

地处城西的县武装部大院，是乌城的一个神秘空间。

那里进出的都是身穿草绿色军衣，戴着帽徽领章的人，走起路来腰板笔直。安玛没有进过大院，偶尔从门前路过，那些草绿色的身影总能让她生出许多崇敬，仿佛那里的人来自另一个世界，过的是另一种生活。

安玛升入初二的那个秋天，班上转学来了一个女生赵楠楠。

赵楠楠的出场就让她具有一种与众不同的风采。她不像安玛，自己办转学的手续，然后由班主任何大树带到教室，轻描淡写地介绍给全班同学了事。这回是学校革委会的张主任亲自把赵楠楠送到教室里来的，还有教务处的领导陪着，何老师跟在他们身后，讪讪地笑。

赵楠楠长得并不好看，个子不高，胖乎乎的脸，嘴有些瘪，这让她看起来有点老太太的面相。唯独眼睛又黑又亮，闪着光。两条辫子长到腰部，又黑又粗。张主任向全班同学介绍她时，她的眼睛从全班人头上扫过，没有一丝转学生眼中常见的羞怯和怕生。

赵楠楠的父亲是新到任的县武装部副政委，而且很快就到县教育局做了军代表。全县的中小学，都在她父亲的管辖之下，一中也不例外。所以，张主任亲自送赵楠楠到教室，也不意外。

赵楠楠的到来让金牡丹格外兴奋，一节课她的目光几乎全罩在了赵楠楠身上，老师讲什么她一点没听进去。下课铃一响，金牡丹就拉着安玛到赵楠楠的座位前，主动给她介绍班上的情况。赵楠楠矜持地微笑着，对金牡丹点头或者摇头，并不是很热情。金牡丹没有一点受挫折的感觉，她提出，以后下午上学，她可以去武装部大院叫赵楠楠。乌城的学生都是这样，要好的下午上学都互相叫，约着走，滚雪球似的，三五成群，搂肩搭膊。

赵楠楠想了片刻，才点头同意了金牡丹的要求。

看着金牡丹欢天喜地的样子，安玛有些失落。放学的时候她故意低头收拾书本，落在人群后面。金牡丹没有像往常那样过来等她，挽着她的胳膊一起走，而是跟在赵楠楠身后，找话跟她说。走着走着，手就挽到了赵楠楠胳膊上。

安玛有点不想理金牡丹了，一个随时可以背叛友谊的人让人讨厌。

可是第二天中午刚吃过饭，金牡丹就兴冲冲地来约安玛上学。安玛看看父亲的脸色，讪讪地说："现在上学也太早了点。我不去。"

金牡丹把她拉到门外，兴奋地说："早什么呀，我们还要去叫赵楠楠，跟她约好的。"安玛还在生气，犹豫着不肯走。金牡丹又说："你还没有去过武装部大院吧？那里一般人可进不去，全是当官的。去吧去吧。"安玛到底经不住诱惑，半推半就地被拉着走了。父亲在屋里不高兴地哼了一声，安玛只好装没听见。

乌城武装部的院子很大，墙被涂成抢眼的赭红色，上面刷着黄字大标语。金牡丹显然不是第一回来这里，她指着东南角上的一座三层小楼告诉安玛："知道不，里面住的是武装部的罗部长，他还是县委书记呢。一家人住一栋楼，那么多房间，怎么住得完？听说他们家每个星期都要买一只鸡来吃！"

安玛第一次知道，金牡丹也有羡慕的对象。原来她以为金牡丹这样的女孩，是世界上最幸福的人。

整个武装部大院只有这一家住小楼。赵楠楠家是一栋二层楼房的一层，三个房间。赵楠楠的父亲，一个满口河南腔的老头很和蔼地对她们点了点头。安玛觉得作为赵楠楠的父亲，他老了点，但是一身草绿色的军装又让他看起来很有风度。赵楠楠的母亲刘玉花就年轻多了，三十多岁的样子，人长得也漂亮。大白天的，她却戴着一副少见的墨镜。

金牡丹嘴甜，忙叫起来：“阿姨，我们是楠楠的同学，来叫她上学的。”刘玉花嘴角这才绽出些笑意，矜持地招呼她们进去。

安玛从她的镜片里看到有些变形的自己，惴惴不安。来的次数多了安玛才慢慢发现，刘玉花只有一只眼睛，那副墨镜是为了遮住独眼的。赵楠楠的妹妹赵媛媛只比她小一岁，在一中上初一，长得比赵楠楠漂亮，人也刁钻了许多。刘玉花总是亲昵地称她为“二妖精”。赵楠楠还有个刚刚三岁的弟弟赵贝贝，长得胖乎乎的，显然是一家人的宝贝。

赵楠楠家收拾得很整洁，三间房一间做厨房，一间做客厅兼赵楠楠姐妹的卧室，最里面的一间就是赵楠楠父母的房间。安玛她们来赵家，多数时间都是待在客厅里，两张单人床，铺着绿格子床单，被子叠得方方正正。赵楠楠说，父亲要求她们必须这样叠被子，否则就要挨骂。不过赵楠楠的父亲并不让人害怕，安玛来了好多次，没见他骂过谁，每回都冲她们笑，然后拿着文件到里间去看。倒是在刘玉花面前，安玛怎么也轻松不下来。

熟悉了以后，安玛慢慢知道，刘玉花的声音很是清亮，歌唱得很好，会唱许多老歌。后来听人说，她本是滇南一个小县城的学生，就是用清亮的歌声，吸引了南下干部老赵，成为他的妻子，人生才拉开了一重新帷幕。

赵楠楠说，晚上她们姐妹做完作业，母亲就领着她们唱歌。这种描述让安玛很是神往，母亲领着女儿坐在灯下，不是做针线活，也不是为生计操心，而是一起唱歌，多么美好。

赵家为她打开了另一扇窗口，那种其乐融融的家庭气氛，总是让安玛生出些伤感。安玛变得越来越沉默寡言。来了几次，刘玉花也注意到这点，好奇地说："这个女孩子怎么不爱说话？我好像就没有听到过她开口呢！"金牡丹搂着安玛的肩说："阿姨，她不好意思，脸皮太薄。可是她的牙好白的！"

可是牙白，在赵家没有任何优势，赵家的人全都长了一口白白净净的牙。

后来，赵楠楠上学还要去叫小楼里罗部长家的女儿罗丽莎。

部长家的小楼鹤立鸡群，让人生出种种想象。第一次去叫罗丽莎，金牡丹紧跟在赵楠楠身后，也想进小楼去，不料却被她拦住了："你和安玛就在外面等着，我进去叫就行了。"安玛看见了金牡丹的失落。

赵楠楠进去后金牡丹嘀咕了一句："不进就不进，有什么了不起"。

罗部长的女人是个瘸腿的老太太，梳齐耳短发，穿一件蓝布外套，讲一口难懂的北方方言。她竟然自己在门前扫院子，这些都让安玛很不理解。

金牡丹对罗部长家的每一个人都很了解，她告诉安玛，罗部长的大儿子是军人，在军分区当参谋。他家儿媳是县医院的大夫，是个白净瘦弱、戴金边眼镜的女人。部长的大女儿罗丽娅也是军人，在另一个县的武装部工作，只在逢年过节时在大院里现身。罗部长的小女儿罗丽莎是一中的学生，比安玛她们高一个年级，人长得瘦瘦高高，像长脚鹭鸶。和罗丽莎走在一起时，赵楠楠就没有了平时的那股傲气，脸上的笑意也多了。父亲们的地位，无意中决定着女儿们相处时的态度和位置，这是安玛好多年后才懂的道理。

赵楠楠家后院住着一户人家，男人是个年轻军人，长得高大帅气。姓华，是个参谋。赵楠楠经常躲在窗户后面窥视他的一举一动。

有一回安玛她们来叫赵楠楠上学，她正伏在窗台上往外看，有人进了屋都不知道。窗外，华参谋正在往绳子上晾衣服，袖口挽得高高的，没有戴帽子，一头黑发在阳光下甩动，两片红红的领章衬得他的脸格外英俊。一个娇小的女人把衣服抖好，递给他晾上。两个人没有说话，动作却很默契。安玛的心也动了一下。

金牡丹看着赵楠楠，意味深长地推推安玛的腰，做了个鬼脸。赵媛媛丢了个纸团去打姐姐的头，嘲讽地说："看了半天，小心看进眼睛拔不出来。"

赵楠楠回过头，脸红红地打了赵媛媛一下，扬扬手里的书本说："你没见我在看书吗？胡说八道！"

刘玉花从里屋出来，随意地说了句："有什么好看的！"

那天上学，金牡丹和赵楠楠一路都在探讨华参谋的事。她们抱不平的是，华参谋那么英俊漂亮的男人，他的妻子却只是新华书店的一个售货员，人长得也一般。她怎么运气那么好，就嫁了如此优秀的男人？

金牡丹诡谲地推赵楠楠一把:“老实交代，你是不是喜欢上他了?”

赵楠楠的脸红了，掐着金牡丹:“你才喜欢他呢。那么大的男人，都快三十了。”

金牡丹又隔着赵楠楠伸过手来掐安玛:“那一定是安玛喜欢上他了，刚才你一直盯着他看呢。老实交代，是不是?”

安玛的脸红了，有一种被人识破心事的慌乱。金牡丹不过是拿她开开心，现在见了安玛慌乱的神情，倒真有些生疑。金牡丹推一下赵楠楠，使了个眼色，赵楠楠撇撇嘴。安玛不敢看她们，盯着地上。金牡丹惊讶地说:“天哪，安玛一定是喜欢上华参谋了，你看她的脸红得跟橘子皮似的!”

安玛生气地挣开她的手:“胡说八道，你才喜欢他呢!”一扭身，自己先走了。安玛不敢跟她们待在一起，怕再说下去会暴露自己的秘密。安玛真的对军人产生了别样的情感，草绿色的军装，火红的领章帽徽，但她不敢说出自己的喜欢，生怕这是一场灾难。

多年后，在北方上学的安玛不可救药地爱上了一位穿军装的男人。华参谋的眉眼早已被岁月冲刷得模糊不清时，军人的光华还在记忆中耀眼地闪动。

安玛不时能从赵楠楠口中听到关于华参谋的事。

据说有人半夜查哨，路过华参谋家，听见很大的动静。第二天华参谋走路腰都直不起来，他妻子又忙着去买猪腰子炖给他进补，被大院里的人背地里传为笑话。

县宣传队一个女演员特别喜欢华参谋，每回有演出，一定给他送票。送得多了他妻子就吃醋，把票撕了不准他去看。而华参谋义正词严地告诉妻子，自己看节目也是工作，他妻子就把他的军装藏起来，不准他出门。两口子在屋子里抓来扯去的，被人撞见才放开手。

华参谋家有个两岁的女儿，他们请了个城边上住的女孩做保姆。那女孩把他家两口子的事看在眼里，出来讲给别人家的小保姆听。赵楠楠家的后窗又正好是个看热闹的好地方。所以，华参谋就像电影上的人物似的，演故事给人看，自己却浑然不知。

慢慢地，安玛发现赵楠楠身上的光环悄悄隐去了。除了家境好，住在武装部大院，她其实和班上那些女生没什么区别。一样喜欢探人隐私，飞短流长。只不过她获得的消息更多，更吸引人。她在上学的路上讲华参谋的事，表情很神秘，也很兴奋。讲到要紧的地方，就和金牡丹咬耳朵，然后哈哈大笑。

安玛想听每一个和华参谋有关的字眼，可是她不愿意华参谋被描述成一个可笑的人物。那样的男人，应该是让人倾慕的对象才对，怎么可以尽和些食色类的消息连在一起？可是她不敢把自己的想法说出来，甚至在她们说起华参谋的事时，装作不在意的样子。一不小心，她们就会把话题转移到安玛身上，金牡丹会嬉皮笑脸地说：“你是不是真的喜欢华参谋？要不要叫楠楠领你去他家玩？”

安玛生气，但没用。安玛生气了金牡丹也不让走，一把拽住安玛就找出一堆好话来哄。安玛对她恨也不是，气也不是，甩都甩不掉。安玛也看出来了，金牡丹和赵楠楠表面上要好，但其实她们在班上的竞争已经悄悄开始了。刚来没多久，赵楠楠就轻松地加入了学校的宣传队，担任独唱。班上的文艺活动，何老师也经常征求她的意见。虽然还没正式当上班委，但是赵楠楠在班里已经有些举足轻重的样子。这一切，让习惯了出头露面的金牡丹心里很不舒服。

慢慢地，俩人就有了些面和心不和的样子。

金牡丹加大了帮人买电影票的力度。只要有新电影上映，她就会带一大堆电影票来上学，下课的时候拉着安玛去给老师送票。一张银盘脸溢满甜甜的笑容，在各个办公室出出进进。每当这个时候，赵楠楠就会露出鄙夷的表情，连对安玛也爱搭不理，她故意大声和班上几个女生商量排节目的事，用眼角扫视着金牡丹的动静。

有好些日子，安玛和金牡丹都没有去武装部大院叫赵楠楠上学。

安玛在街上见过华参谋，一身军装，腰板很直。和几个军人走在一起，别人都没有他那么挺拔。擦身而过的时刻，他的目光不经意从安玛脸上扫过，她的心突然跳得很快，脸也悄悄红了。华参谋似乎有些诧异，如果他用心谛听，还会听到此刻这个女孩的心跳如风中的树叶。

安玛突然为自己拥有他的秘密而感到不安和羞愧。这样的男人应该像白杨树一样纯洁无瑕，怎么可以成为别人口中的笑话？华参谋走出好远，安玛还低着头不敢看他的背影。

那天晚上，安玛找出白大林的信又看了一遍。其实，信上的每一个字她都能背下来了。她准备给白大林回信，这个念头已经涌起过无数次，又像涨起的潮水，自己悄悄退下去。在潮起潮落之间，安玛的心一次次战栗。

安玛铺开信纸，写下白大林这三个字时，她眼前涌动的竟然全是华参谋的身影。那身草绿色的军装，火一样燃烧的领章帽徽，让她无法平静。

乌城的冬天很冷，雨雪霏霏，天空总是阴暗的。

走在大街上的鞋子队伍中，一夜之间多了许多黄色的翻毛皮鞋，很是威武。安玛也不用再为鞋子的事发愁了，母亲进城开会，看不过安玛没鞋穿的哆嗦样，把自己的旧雨鞋给了安玛。虽说大了点，但往里面塞上些布条，也勉强可以走路。

母亲拿着安玛没能完工的鞋面翻来覆去看了半天，叹口气说："也真难为你了，竟然还像模像样的。可以学着做，不要影响学习。"

父亲哼了一声："一双鞋，不知道要做到猴年马月！"

安玛在上学的路上，偶尔会和朱疤子一家不期而遇。前几年从也萨进城，安玛还会害怕遇见这家人，现在见得多了，觉得这个男人也没什么可怕，就是脸上多了些疤。乌城的冬天对他一家大小都是个严峻的考验，他们大约把家里能找到的衣物全都穿上了，他的妻子甚至裹了一床类似毯子的东西。那几个小孩倒不怕冷，下雨下雪的天气，竟然没有穿鞋，肩上挎着锅圈、刷把，挤在馆子的窗下，扯长声叫着：“卖锅圈——刷把！刷把——锅圈！”

朱疤子的胸前挂着几枚亮闪闪的徽章，听人说是他从前打仗立功得到的奖励。安玛不相信，朱疤子怎么会是个军人，还得过奖章？军人应该是华参谋那样的男人，和朱疤子联系不到一起。

天一冷，家家户户的火炉烧得格外旺盛。这是乌城人自豪的地方，据说城后的乌峰山下埋着的全是煤，几代人挖也挖不尽。经常有人用大花箩背了煤进城，用牛角形的打杵支着立在街边歇气，等着人去买。也不算贵，一两块钱就能买一花箩。

经常会听到城里有人被煤气熏倒的事情，乌城人见怪不怪，并没有哪家因此就不烧炉子了。小城上空照样飘散着呛人的煤气味，和着红豆酸菜的香气。

不过一件令安玛悲伤的事情还是不可避免地发生了。

那天中午她和金牡丹去叫赵楠楠上学，发现武装部大院竟然被挤得水泄不通。军人和老百姓混乱地挤在一处，脸上全都是惊惶或者兴奋的表情。大家都不大声说话，只凑在一起咬耳朵。她们俩好不容易挤过人群，来到赵楠楠家，看见她们母女几个在窗户那立着，后面华参谋家门前有军人的身影在忙碌。

赵楠楠脸上有泪痕，低声说：“华参谋家中煤气了，没救了。”安玛的心忽然一紧，然后一点点沉下去……

那天她们差一点迟到，一路上谁也不说话。罗丽莎赶上她们，叹气说：“好好的一家人，竟然会这样！”见她们不说话，罗丽莎问：“你们怎么了？”

赵楠楠不好意思地说：“听说他妻子还有口气，送到医院抢救去了。可惜华参谋，医生说已经没救了。”

罗丽莎大人似的说：“唉，要不怎么说人有旦夕祸福嘛！赵楠楠你小心点，你家后窗正对着华参谋家的门，小心闹鬼！”赵楠楠有些生气，换了别人说这话，她早骂人了，可是对罗丽莎，她只笑笑不说话。

华参谋家中煤气的事，很快传遍全城。那几天安玛经常看见有人三五成群地聚着，说着华参谋家的事。传着传着就详细生动了，说他们两口子夜里在床上太热闹，炉子烧得热，门窗又严实，两口子搞得太累，睡得沉，煤气呛人都不知道。第二天武装部通知华参谋开会找不到人，敲烂了窗户玻璃才发现情况不对。两口子从床上抬出来，还是光溜溜的，搂着分都分不开。说的人话里有惋惜，有兴奋，表情很复杂。

安玛很悲伤，无端地悲伤。华参谋并不认识她，他只是远远的风景。可这风景虽然虚幻，却装点了她的梦境。安玛流泪了。

节　目

乌城的季节像风一样灵动，春季悄然滑过，夏天姗姗来迟。

安玛没法不怀念也萨的夏天。热风像绸布一样荡过小镇上空时，她和阿莉、大萍可以光着脚丫在河滩上尽情奔跑、戏水，让清凉的河水在头上洒下一场宜人的细雨。穿不穿鞋有什么关系？那些刚刚下地干活归来的男人、女人都懒得穿鞋，光着脚板到水边洗洗，就惬意地在台子边上坐着，男人抽袋烟，女人做针线活，舒服得长声呼气。

可现在是在城里。不但要穿鞋，还要穿好看的鞋，这鞋让她不得安宁。

穿雨鞋上学的那天，安玛一直忐忑不安。好在上学的路上人人都争先恐后地赶路，没有人注意她。下课的时候她待在座位上，尽量不起身活动，把脚藏在桌子下面，金牡丹招了几次手叫她过去，她都没动。可是，课间操的时候，何老师亲自来教室赶人下去做操。

做弯腰运动的时候，金牡丹发现了安玛的秘密。她压低声音叫起来："安玛，你穿的那是什么鞋呀？哎哟喂，这么大热天的，你怎么穿了双雨鞋？那么大，是你爸爸的鞋吧？"周围的人都转过头来看安玛的鞋。那双原本平常的雨鞋成了一只无法躲藏的刺猬，暴露在光天化日之下。

金牡丹也感觉到了安玛的尴尬，下了操忙跑过来搂着她的肩道歉："安玛，我真不是故意的，我只是觉得奇怪。穿雨鞋也没什么，说不定今天下雨呢，我们的布鞋到时候可就遭殃了，不泡成大头鱼才怪呢！你说是不是，楠楠？"赵楠楠勉强地笑了，点头说："那当然，晴带雨伞饱带干粮嘛，凡事提前做准备总不是坏事。"

可是安玛还是很难受。金牡丹转移了话题，和赵楠楠说起班上排节目的事，搂着安玛的肩，说要给安玛也安排个节目。赵楠楠瞟着安玛的鞋，没说话。金牡丹仗义地说：“安玛是我的好朋友，怎么也要算她一个。到时候我把我的金丝绒布鞋借给她穿了上台。”赵楠楠撇撇嘴。

赵楠楠到班上不到一个学期，已经担任了宣传委员，管全班排节目的事。元旦学校要举办文艺演出，各班都要有节目。何老师当着全班同学，面带期许地说：“楠楠同学，咱们班的节目就靠你了，我做你的后盾支持你的工作。要哪些人参加，有什么条件你尽管说，咱们争取在学校拿个奖，让全校知道咱们班的水平。”

赵楠楠到底是见过世面的人，并没有露出受宠若惊的表情，只是淡淡地说：“没问题，不就是排几个小节目嘛，我以前排过的。只是可能要占用晚上上自习的时间。”何老师忙说：“可以，我批准你们不用上晚自习。”

安玛很少看见何老师的笑意，尤其是在学生面前。每回一进教室，他都是紧绷着脸，目光炯炯地从每一个人脸上扫过，那些调皮捣蛋的男生也会望而生畏。可自打赵楠楠来了以后，何老师似乎变得温和多了。这让安玛有些不解，倒是金牡丹很快就探知了何老师的秘密。原来何老师的妻子和他两地分居已经好多年，带着两个孩子在离城二十多里的乡村小学当老师，何老师一到星期六，就要走路去乡下看他们。何老师打了好多年报告，也没能把妻子调进城来，这已经成了何老师的一块心病。

赵楠楠的到来，让何老师看到了希望的曙光。只要赵楠楠那个在县教育局当军代表的父亲发个话，调个人进城还不是小菜一碟！

可是，何老师对赵楠楠表示了友好和特别的关照，却不知道应该怎么向自己的学生开口求这份情。安玛很同情何老师，想象他曾经无数次地在宿舍里演练着，开口求赵楠楠的样子。一个那么威严、那么让学生害怕的老师，原来也有脆弱的时候。他高高的身影在教室里转悠，一个男生瞄着他的背影，嘀嘀咕咕地念着："何大树，何大树，何为大树？"何老师一回头，吓得他忙低头吐舌头。

每一次何大树满教室转悠都会有意想不到的收获。

他会从男生的抽屉里搜出支橡皮枪，或者从女生的抽屉里搜出没有吃完的早点，皱着眉让人家拿出去吃完了再进来。安玛也没有幸免，有一回被何大树搜出张写满ABCD的纸条，要命的是每个字母后面连了线，和班上几个同学的名字连在一起，看起来像特务接头的联络图。何大树皱着眉头，翻来覆去看了半天，然后瞪了安玛足有两分钟，把安玛瞪得不敢出气。

可是现在，安玛知道了他的秘密。安玛还发现，有人低着头吃东西何大树竟然没看见，一个男生在桌子下面悄悄叠纸飞机，他也视而不见。他的目光有些恍惚，像一片彷徨的秋叶。

放学路上，金牡丹捡起何大树的话题，对赵楠楠说："你就给你爸爸说说，帮何老师一回，把他妻子调进城来吧。这些日子我看他好像都有点瘦了！"

安玛冒出一句："咦，你心疼何大树了？"

金牡丹脸红了，掐安玛一把："你才心疼他。我不过是同情他。"俩人你掐我一把，我掐你一把，打闹起来。

赵楠楠看她们闹够了，才矜持地说："你们不懂。他没有开口说这件事，我怎么好主动帮忙？等等再说吧。"

这个冬天，排节目成了全班女生的大事。赵楠楠和金牡丹也因为排节目的事明争暗斗。

说是赵楠楠领着大家排，不过是何老师给她的面子，让她挑些关系好的女生。真正编舞、队形安排还是要何老师出马。赵楠楠当仁不让地在"窗花舞"中担任领舞的角色，也就是喜儿。其他四名女生不过是她的陪衬，手里捏着窗花围着她转。这让赵楠楠的虚荣心得到极大的满足，金牡丹心里却老大不高兴。金牡丹以为凭她的实力，应该可以在班上和赵楠楠平分秋色才对，何况她以前也跳过"窗花舞"，她的足尖功夫得到过好多人的夸奖。

金牡丹悄悄找到何老师要求领舞。她拉了安玛一起去何老师家的小平房里，敲开门，也不说话，泪水啪啪地往下掉，吓得何老师不知道说些什么。金牡丹抽泣着说："何老师，以前跳'窗花舞'都是我领舞演喜儿的，这回怎么就变了？"何老师听出了名堂，悄悄出口气说："我还以为什么大事呢，进门就哭。这回让赵楠楠跳，下回让你跳不就完了？这也值得哭？"

金牡丹接着说："可是这回我怎么跟别人说呢？不

知道的还以为我犯什么错误了，以前都是我跳，来了个赵楠楠我就不行了？我哪点比她差？”

何老师无奈地看着泪痕满面的金牡丹，束手无策。想了半天，何老师想出个理由来：“赵楠楠的头发长，不用安假辫子，就让她跳一回，好不好？”

金牡丹摸摸自己黄黄的细辫子，想了想说：“可她长得一点都不好看。”

何老师一听差点笑起来，忙说：“你好看，你好看。下回一定让你演喜儿，好不好？”

临出门时金牡丹突然来了一句：“何老师，我知道我比不过赵楠楠，人家爸爸是当官的。可她对你的事一点都不关心，那天我还主动帮你说话，让她求她爸爸把你们家李老师从乡下调进城里来。”

何老师的眼睛一下子亮了：“她怎么说的？同意了没有？”

金牡丹说：“她才不当回事儿呢，她说她爸爸没时间管这种小事。安玛也在场呢，对不对？”安玛只好轻轻点点头，可她记得赵楠楠的话好像不是这样说的。

何老师急了，搓着手说：“这怎么是小事呢？这怎么能算小事呢？对我来说这是大事啊！牡丹，你再跟赵楠楠好好说说，行不？下回我一定争取让你演喜儿。这回的‘斗笠舞’你领舞，我安排你站第一排第一个。”

金牡丹这才破涕为笑，拉着安玛走了。

没想到，星期一晚上安排队形的时候，竟然又发生了变故。赵楠楠跳“窗花舞”的主角跳出了感觉，到排“斗笠舞”的时候，也提出说她要站第一排第一个的位置，这下麻烦大了，金牡丹气得当场就掉了眼泪。两个人一时间僵持不下，何老师愁得眉毛都打起了结。

安玛和几个伴舞的女生没事干，在一边看热闹。赵楠楠带了一本《白毛女》的连环画，安玛她们挤在一起翻书看。赵楠楠走过来，抢过安玛手里的《白毛女》，在桌子上拍拍说："谁让你们看的？这是我的书，别给我弄坏了！"

金牡丹也过来，挽着安玛的手说："咱们走！"赵楠楠也拉着几个和她要好的女生走了。

没想到事情的转机竟然发生在安玛身上。

原本何老师没想过让安玛参加跳舞，安玛个子不高，平时又不爱说话，没什么存在感。赵楠楠也没有挑安玛参加节目，可是金牡丹却坚持要选安玛。在大家眼中，安玛和金牡丹是形影不离的好朋友，每天上学下学都要约了走。再说，赵楠楠挑选的人全都是平时和她关系好的，金牡丹也要挑两个自己人，心里才平衡。虽然安玛一再表明自己并不想跳舞，可是金牡丹不答应。她说："安玛，这不是你想不想的事情，这关系到我的面子，你懂吗？我不能输给赵楠楠，也不能让人家说我对不起朋友。所以你必须上！"

在金牡丹的努力下，安玛被安排在"斗笠舞"中伴舞，站第二排最后一个。对安玛来说，已经很满意了，她从没有想过自己也能跳舞，也能登台表演。金牡丹还答应等正式演出的时候，借一双金丝绒的布鞋给她穿，这更让安玛充满期待。

星期三晚自习，僵持不下的赵楠楠把何老师叫到走廊上，主动提出一个解决方案。让班上一个叫张红的女生上，她就可以让金牡丹站第一个位置，她站第二个。何老师为难地说：“人数都定好了，八个女生。再加一个张红不就多出来一个，还是不能排！”

赵楠楠早把什么都想好了，歪着头说：“那还不简单，下来一个嘛。”

“可是让谁下呢？都定好了的。”何老师的眉头还是舒展不开。

赵楠楠努努嘴：“让安玛下不就完了。”

何老师把金牡丹叫出去商量。金牡丹先是不肯的，让安玛下，她面子上不好看。可是赵楠楠说的张红也是不可小觑的，张红的母亲前几日到赵楠楠家做保姆，帮她家带赵贝贝。这样张红和赵楠楠之间除了同学关系，又有了一层新的联系，所以赵楠楠才想到要给她一点好处。金牡丹也就同意了，和赵楠楠握手言和，俩人在走廊上商量起队形的事来。

安玛不知道这个变化，边做作业边还憧憬着上台跳舞的事。何老师说过，上台的时候要去县宣传队借服装，要化演出妆。安玛的辫子不算长，可也拖到背上，扎起来和电影上那些跳“斗笠舞”的人差不多。脸呢，也不难看，眼睛细长，化起妆来会更生动。安玛摸出一面小镜子，藏在书本后面，悄悄看着镜中的女孩子，对她做了个怪相。

金牡丹是第二天下午才把这个消息告诉安玛的，她把所有的责任都推到了赵楠楠身上，无奈地摊开手说：

“是她坚持不要你参加的，你是不是什么地方得罪她了？人家说她好话她记不住，说她一句不好的她会记好多天。”安玛表面很平静，可是心里有说不出的失望。偏偏金牡丹不肯放过她，还要拉她晚上去看排练。金牡丹说：“你不去人家会说你生气了，你心眼小。你去看了显得你大度，不计较。我的朋友不像赵楠楠的朋友，尽是些小心眼。去吧，安玛！”

晚上，安玛被金牡丹拖着、拽着，去了排练的教室。在金牡丹面前，安玛感觉自己毫无反抗的能力。看见安玛进教室，赵楠楠对张红做了个怪相，一脸掩饰不住的得意。安玛坐在教室的角落里，静静地守着大家跳热了脱下来的衣物，渐渐地就被跳舞的人遗忘了。她看着那个本属于她的位置被张红占着，笨手笨脚地跟不上别人的步子。笨死了！

没有人注意到，安玛的脸上悄悄挂上了一串晶亮的泪。

宣传队

乌城最吸引人的风景之一，就是县宣传队大门里走出来的女孩子们。她们像风中的杨柳，多了些文艺的氛围。一样是蓝卡其、灰卡其的衣服，她们穿在身上就怎么看怎么妥帖。她们带点傲气的目光，更让人不敢小视。

安玛偶尔也会遇到宣传队的人，远远地就避开了，可目光却怯怯地追逐着人家的背影。那种羡慕只能深藏心底，不可以对人言说。尤其是金牡丹，安玛的心事可不敢让她知道。

宣传队坐落在南街，离一中不远，据说是一个大地主家留下的大宅院。一进好几重院子，古旧幽深，屋檐上还雕刻着小小的狮子、麒麟，垂着暗绿的青苔。这样的院子里生活着一群美丽的男孩、女孩，倒是很合适，就像是从画上走下来的，带些仙气。

除了看电影，乌城人看得最多的就是县宣传队的演出。常年都是那些节目，可却百看不厌，场场爆满，连过道上都挤满了人。不经意间，他们就成了乌城的明星。

安玛被金牡丹带着去过宣传队一回。金牡丹去给宣传队的人送电影票，里面的人从窗口探出头来，牡丹、牡丹地叫她，对她招手。安玛心里羡慕得不得了。

走进宣传队的院子，安玛的腿都有些发颤，她那天穿了件洗得发白的蓝色外衣，梳两个小辫，一条青布裤子。金牡丹则穿了件大红的灯芯绒外套，头发上还扎了两条大红发带，春光灿烂。

有的演员在院子里练功，有的在水龙头下面洗衣服，还有人在咿咿呀呀地练唱。安玛对这些人熟悉得如同亲戚朋友一般，只是他们不知道。她认出那个在院墙下扎着腰带练功的女孩，庄平仙，算是宣传队的台柱子，她在样板戏里演江水英。宣传队人手不够，一出《龙江颂》只排了两场，两场都是庄平仙演主角，可见她在宣传队的重要性。她个子高，身材苗条，长了张瓜子脸。但是安玛发现，在台下不化妆的庄平仙远没有在台上那么光彩照人。

庄平仙一条腿搭在矮墙上压着，对金牡丹招招手说："牡丹，你来做什么？是不是又有新电影？给我留几张好票。"金牡丹笑眯眯地拉着安玛过去："姐，我给你留着呢，怎么会忘记了你！"

庄平仙看看安玛，又问金牡丹："这是你同学？我怎么没见过？"

旁边练功的女孩歪着头看看她们，突然有了新发现，笑着说："平仙你有没有发现，这个女生长得有点像你，不会是你妹妹吧？"

庄平仙认真地看了看安玛，也笑了："像我吗？我还真没有妹妹呢。"

安玛的脸红了，不好意思地低下头。金牡丹看看庄平仙，又看看安玛："我也觉得你们俩有点像。"

她们不过是随意地说笑，安玛心里却激动极了，竟然有人说她和庄平仙长得像？自己要真有这么一个姐姐，那该多好！可惜这个话题被她们一带而过，安玛多少有些失望。

除了庄平仙，安玛还见到了在《智取威虎山》里演小常宝的王晓月，她个子不高，皮肤有些黑，一双大眼睛倒蛮有神。安玛最佩服的是，她竟然可以把《深山问苦》里最后那一句"杀尽豺狼——"唱上去，那调多高啊！眼前的王晓月梳两条齐腰长辫，比在台上还要秀气些。她正在洗衣服，也认识金牡丹，点点头算是招呼过了。

几个男演员正在练功房里翻跟头。金牡丹倚在窗台探进头去跟他们打招呼。安玛认出了演杨子荣的杨少波，是张娃娃脸，嗓子有些沙哑。每回在《深山问苦》那一折中，唱到“美好的日子万年长”那句，安玛都在台下替他担心，生怕他唱不上去。可每回杨少波都挣扎着唱了上去，让人白白为他捏把汗。还有演李勇奇的赵小平，演《椰林怒火》中大鼻子美国兵的方金华，天哪，简直是明星大聚会！

安玛对金牡丹佩服极了，她和这些明星说话也是应对自如，没有一点紧张。安玛平时和女生说话还可以，一和男生说话就没来由地紧张，不敢看人的眼睛。可是安玛在也萨时不是这样的，她和阿莉、大萍一起玩，也和那些野性十足的男孩子们玩，打泥巴仗。有一回上学的路上，一群男生约好了故意堵在路口推推搡搡不让她们过，安玛举着根树枝，一路过关斩将，勇敢地把他们打翻在地，那些男孩不堪一击，不敢和女孩子较真。也许男孩们不过是和她们开开玩笑罢了。那些快乐的日子，一去不复返了。

进城后，安玛学会了脸红，学会了静默，看到英俊的男生就会耳热心跳。安玛知道这就是长大，像一棵树一样，到了季节就要抽枝拔节。

金牡丹回头看见安玛窘迫的模样，对正在擦汗的杨少波招招手说：“你过来，我给你说件事。”杨少波不知就里，来到窗边。金牡丹坏笑着说：“我们学校有个女生可喜欢你了，做梦都喊你的名字。真的，只要你有演出她就要去看。安玛，是不是？”安玛仰起头，一脸无辜，不明白她在说谁。金牡丹却对杨少波挤挤眼，对着安玛努努嘴说："喏，远在天边近在眼前，人家今天可是专门来看你的!"

杨少波笑笑，不说话。其他几个人听了金牡丹的话，饶有兴致地挤过来："我们看看是谁，是谁喜欢我们少波？长什么样?"

那么多目光突然聚焦到安玛身上，安玛蒙了，浑身都冒出汗来。可恶的金牡丹！她狠狠地在金牡丹的手臂上拧了一把，扭过脸转身飞奔而去。身后传来金牡丹夸张的尖叫声和浑厚的男人笑声。

安玛快速穿过古旧的院门，踉跄着逃离几分钟前还让她心荡神摇的地方。

为了这件事，安玛几天不理金牡丹。任她怎么求都没用，安玛是真生气了，金牡丹竟敢拿这种事情来开玩笑。金牡丹委屈地拉开袖管给她看："安玛，看你把我掐成什么样了？还不解恨啊?"

安玛瞟一眼那块青紫的肉："你活该!"

金牡丹大度地说："好好，我活该，我活该，你也应该解恨了吧，怎么还生气呢？今天晚上我请你看电影，乒乓球世界锦标赛，可好看了!"安玛不好意思再生气了，跟着她满校园地去送电影票。

放学后，安玛正和金牡丹走着，突然听见有人怯怯地叫她："安玛，是你吗?"回头一看，天哪，竟然是阿莉！只见阿莉穿件白花旧衬衫，梳两个齐肩小辫，身上还背了个黄挎包。阿莉扑上来惊喜地拉着安玛："可找到你了！我在这站了好半天，就怕遇不见你。”

安玛也很高兴，问她：“又没有放假，又不是星期天，你进城来做什么？”

阿莉看看金牡丹，把安玛拉到一边，悄声说：“我是来考宣传队的，那里要招人了。”

这个消息让安玛无比惊讶：“真的吗？你要考宣传队？”安玛想起在宣传队见到的那些人，美丽、神秘，就像故事里走出来的人物。阿莉竟然也想考宣传队！

阿莉像是看出了安玛的心思，解释说：“小李老师说我音色好，唱歌会有前途的。她让我去考了试试。”

金牡丹在旁边听了个大概，笑嘻嘻地凑过来：“你要考宣传队呀？我跟里边的人可熟了，不信你问安玛。”安玛皱皱眉头，想把她支开，好跟阿莉说话。可是金牡丹就跟牛皮糖似的，粘在她胳膊上，好奇地看着阿莉。

金牡丹说：“你就穿这身衣服去考试呀？太旧了吧！”

阿莉的脸红了，低下头说：“这是我最好的衣服了，刚刚洗过的。”

金牡丹说：“啧啧，连件好衣服都没有。”

安玛瞪她一眼说：“要不把你的灯芯绒衣服借给她穿，好不好？”

金牡丹仰起银盘脸笑嘻嘻地说：“好呀，好呀！我现在就回去拿去。”

安玛看阿莉，也是一副很想穿一回灯芯绒衣服的样，就真带了阿莉跟金牡丹去她家取衣服。金牡丹不但借出衣服，还热心地找了些红红绿绿的发带，帮阿莉把两条小辫卷起来，扎成两朵小菊花的形状。阿莉在镜子前照来照去，高兴得直笑，经金牡丹这么一番打扮，阿莉变得清丽可人了。

金牡丹很得意：“安玛，你还动不动就跟我生气。我够意思吧？”

安玛白她一眼：“我知道，你是好人。我不会忘记你的，行了吧？”

金牡丹突发奇想：“我们下午逃学吧，去陪阿莉考试，给她助助阵，怎么样？”阿莉当然高兴了，可安玛想起何老师严肃的脸，多少还是有些害怕。正犹豫着，金牡丹推她一把：“何大树那有我呢，我就说我肚子疼，你陪我去医院看病。有事我担待着，这样总可以了吧？”

安玛这才点点头。阿莉小声地说：“安玛，你怎么不去报名考试呀？你长得挺好看的。”

安玛支吾着：“我胆子小，又不会唱歌跳舞。哎，金牡丹，你怎么不去考呀？你条件那么好！”

没想到金牡丹脱口而出：“我才不考呢，我妈说唱戏的没几个好东西，现在倒是好玩，将来怎么办？我要好好读书，将来找个好工作。”说完又想起阿莉来，忙改口说，“我妈也是乱说的。我长得不好看，没信心。”

阿莉呆呆地看着金牡丹，完全被她迷住了。她扯扯安玛的袖子：“你怎么会交上这么好的朋友啊，又漂亮又有本事！”安玛只是笑笑。

宣传队里聚了好多人，都是各个中学来赶考的男生、女生，十三四岁，青嫩嫩的苗苗。虽说不允许化妆，但都悄悄做了些修饰，男生头发梳得一丝不苟，翻着白领在外面，女生就在头发上下功夫，辫子上扎着红红绿绿的带子。

大家脸上都带着不可抑止的热望，渴望有一只无形的手能帮自己敲开这扇人生的大门。

考试并不复杂，不过是唱唱跳跳，看看身段长相。宣传队的老师坐一排在后面看着，目光透着些挑剔。安玛挤在窗外，大气不敢出，心想要是自己去考，只怕早被烤焦了。哪像阿莉，竟然大大方方地唱了首《北京的金山上》，虽然声音有点发颤，但还是尖厉明亮，脆生生地好听。有老师轻轻点了点头，用欣赏的目光打量她。

唱完歌阿莉从屋里出来，满头汗水地扑过来抱住安玛说："考完了，考完了！我好紧张！我唱得怎么样，有没有唱错的地方？"

安玛说："阿莉，你初中还没有毕业，如果考上，你不准备读书了？"

阿莉的脸红红的："只要能考进宣传队，我还读书干什么？进城，做城里人，这是我做梦都想的事情啊！安玛你摸摸我的心，跳得跟打鼓似的。"

安玛小心地把手放在她的胸口，感觉到了那股涌动的春潮。阿莉的心，像一条春天的河流，正发出奔腾的声音呢！

妈妈终于进城来了。又从老家接回两个小妹妹，突然间就是一大家子人了，人多得让安玛不大习惯。还请了个保姆，让人叫她许奶姆。六十多岁的人，背弯得像张弓，眼睛红红的，烂眼边，随时都像刚刚哭过的样子。安玛不喜欢许奶姆，也不敢多跟她说话。

金牡丹来叫安玛上学，看见许奶姆非常惊讶，一路追着安玛问："哎，你们家的保姆怎么跟兔子似的，那么红的眼睛？"

安玛生硬地说："我怎么知道，又不是我弄红的。"

许奶姆住在安玛家，吃饭却是单独做。有一回她买了块肉炼了一碗油，小心地放在柜子最上层的角落里。偏生安玛的鼻子跟老鼠似的，闻到香味，又看不见最上层的碗里装着什么，就伸手去够。结果许奶姆的一碗油，半碗全泼在了安玛的前襟上。那可是灯芯绒的衣服呀，妈妈进城后，用旧衣服改了给她穿的，而且是大红色的灯芯绒。安玛心疼得直跳脚，又不敢说出来，悄悄把衣服脱了去洗。

许奶姆做饭的时候，端出装碗的油，凑到窗户那左看右看，还对妈妈说："安玛妈妈，你看我熬的一大碗油啊，凝起来怎么只有半碗了呢？"

妈妈不明就里，看看碗说："油凝了都会少的吧？"

许奶姆眨着红眼睛说："可是怎么会少那么多呢？"

安玛在一边低着头吃饭，大气都不敢出。她的灯芯绒衣服，怎么洗都洗不干净。想起许奶姆，安玛就烦，不想看她的烂眼睛，也不想跟她说话。

爸爸大约看出了安玛对许奶姆的敌意，背地里警告她："你要是敢把保姆气走，你就回家来带妹妹，别上学了。你小心点！"

除了不喜欢保姆，安玛还不喜欢排队买菜。爸爸嫌门前私人卖的菜要贵几分，隔三岔五总要让安玛去公家的蔬菜门市买菜。大捆的青菜，甚至是萝卜缨子，还要凭小票才能买个十来斤。安玛家入乡随俗，买了缸子腌酸菜，再说，不吃酸菜还能吃什么呢？可是排队真是烦呀，天上下着细雨，地上稀泥烂窖，排队的人却不见少。有人提着小板凳，戴着草帽，一副要在蔬菜门市安营扎寨的样子。卖菜的人不到规定时间决不肯开门的，大家就眼巴巴地守着，等着。好不容易等到开门了，人群拥挤起来，营业员还要慢条斯理地戴上袖套、围腰，喝口大茶缸里的茶水。喝完水，不耐烦地挥挥手说："别挤别挤，都是按人头供应的，挤了也不会多给。"可大家还是往前挤，好像往前挤了希望才会大一点。

安玛一边挤一边想，宣传队里的人大约永远也不会来排队买菜。就是金牡丹，也不知道排队买菜的滋味。

买了一筐菜回到家，安玛的发辫也挤散了，鞋也被踩得尽是泥脚印。安玛的心情沮丧极了，牵连到妹妹们的头上，指着她们气恼地说："你们为什么不好好待在外婆家，回来做什么？"

二妹妹已经六岁了，又瘦又高，营养不良的样子，她无辜地看着安玛："姐姐，我想妈妈。"

三妹妹才两岁，正咿呀学语："姐姐，我也想妈妈。"

安玛学着大人的样子，长长地叹口气。除了排队买菜，她还要排队买肉、排队买粮，排队买所有凭票供应的东西，连睡觉的时候也在排队，那么长的队伍，一眼望不到头。大家背着背篓，提着篮子，拼命地挤，安玛夹在人缝里，被挤成了鱼干，无助地喘息。

很多年后安玛回到乌城，看见街上摆满了绿油油的蔬菜，品种丰富得令人瞠目结舌。

没多久，传来了阿莉被宣传队录取的消息。那天安玛刚刚从粮食局买回一背篓苞谷，正坐着喘气呢，金牡丹就兴致勃勃地送来了这个好消息。

金牡丹要约安玛去看阿莉，她高兴地说："听说阿莉已经来报到了。我们去看看她，到底是分在跳舞的小组，还是唱歌的小组？我觉得她唱歌比较好。你说呢，安玛？"

安玛脸上还有汗珠，头发散乱着，衣服也在粮食局的柜台上蹭了些面粉，她低头看看自己，就这样去宣传队，不让那些明星笑话才怪呢！她赌气似的扭过头："我不去，又不是没见过阿莉，有什么好看的。"

金牡丹吃惊地叫起来："安玛，阿莉可是你的朋友，你一点都不关心她？你也太不够意思了！"

金牡丹来拉她，被安玛甩开了。提起阿莉的事情，安玛心里有气。上回逃学陪阿莉去考试，明明是金牡丹的主意，可是当何老师把她们叫去批评时，金牡丹却当着安玛的面，把责任推了个干净。她对何老师说："老师，那个人是安玛的朋友，她在也萨就认识的。跟我没有关系，又不是我的朋友，是不是，安玛？"安玛悄悄白了金牡丹一眼，回答说："是我的朋友。"何老师严厉地把安玛批评了一顿，还警告她说，如果下回再逃学去玩，要叫家长了。金牡丹出来后安慰她："没事的，老何那个人雷声大雨点小，不会真叫家长的，别怕啊！"安玛愤愤地说："金牡丹，以后我再也不理你了！"

金牡丹很委屈："我怎么了？我说阿莉是你的朋友说错了吗？难道她不是你的朋友？"安玛感觉自己又吃了个哑巴亏。

可是，架不住金牡丹会哄人。金牡丹看看安玛的神情，还有身上的衣服，恍然明白了，忙去拿了块洗脸毛巾，给她掸身上的灰尘，又哄又劝："怕什么呀，阿莉穿得也不好，人家都敢来考宣传队。再说你长得比她好看，真的，不骗你。你忘了那回宣传队的人还说你长得像庄平仙呢！"

安玛很快被金牡丹哄好了，答应跟她一起去宣传队看阿莉。那可是宣传队啊！

阿莉刚进宣传队的时候，经常会到安玛家来找她玩。

爸爸总会羡慕地夸阿莉："这娃娃多有出息，人家都考进宣传队了！那么小，就领工资吃饭了呀！"这话安玛不爱听，爸爸的话里有嫌自己白吃饭的意思了。

阿莉见安玛的脸色不好看，忙说："叔叔，那点学员工资，也就是够吃饭。安玛读了书，将来工资肯定比我多！"

爸爸说："够吃饭，也就能养活自己了，是有出息的娃娃！"安玛拉了阿莉躲到后院去说话。

阿莉为安玛开了一扇窗，把宣传队的生活鲜活地展示在她眼前。安玛发现，阿莉过得并不快活，在宣传队里，阿莉长得一般，又是乡下来的女孩，人家并不把她当回事。阿莉每天就是上课、练功，苦巴巴地过着，不过她自己已经很满足了。

现在，安玛经常可以从阿莉嘴里听到庄平仙、王晓月、杨少波他们的名字，知道他们鲜为人知的故事。比如庄平仙竟然会尿床，这是安玛绝对没有想到的。阿莉说王晓月她们经常背地里拿这件事取笑她，安玛心想，天哪，演主角的人哪，也会尿床？真是太煞风景了。

而王晓月，正和一个叫白蓉蓉的演员争对象呢。那可不是一般人，是团县委副书记，年轻俊俏，又有前途。王晓月和白蓉蓉为了他，见了面都不说话了。白蓉蓉人长得漂亮，又会来事，经常跑到武装部大院，去罗部长家帮人家做家务，和罗部长一家搞得跟亲戚似的，王晓月背地里管她叫白妖精。

阿莉还说，杨少波很喜欢王晓月，他们俩才是般配的一对。只是王晓月心气高，不服白蓉蓉，要跟她争一争，就把杨少波给冷落了。杨少波有时候跟庄平仙关系好，俩人在一起吃饭，王晓月看见了又不高兴。

阿莉讲起这些事，眉飞色舞，开心得不得了："这些人，原来以为他们多了不起呢，其实名堂好多哟！"讲完了还要慎重地告诫安玛："你可不要到学校去乱说哦，我们是好朋友，我才告诉你的。"安玛答应不说。

可是，金牡丹却不答应，追着安玛问："阿莉现在是宣传队的人了，她有没有给你讲宣传队里面的事情？你可不能瞒着我，那样就不够朋友了！"

经不住她纠缠，安玛给她说了自己听来的那些事。金牡丹激动得差点跳起来："哎呀呀，庄平仙还尿床呀，这真是特大新闻！"

安玛告诫她："不许对别人讲，我答应过阿莉的。"

金牡丹说："我保证，一定不乱讲。你放心好了。以后再听到什么，一定要讲给我听哦！"可不出两天，一中的老师、学生都知道了庄平仙在床上"画地图"的事情。有人还添油加醋，编成了一个完整的故事。

学校校庆时，专门请了宣传队来演节目。有王晓月和杨少波合演的《深山问苦》，也有庄平仙的《龙江颂》，还有些演唱、小舞剧之类的。学生们像过节一样，各个班早早地摆了椅子，打打闹闹地等着节目开演。

庄平仙出场的时候，引起了一阵小小的骚动，有人在叫："画地图的来了。"好多人哄笑起来，不明白原因的人也跟着瞎笑，礼堂的气氛很热烈。

庄平仙那天状态很不好，匆匆演完到后台卸妆。金牡丹拉着安玛正在台口探头看，庄平仙叫住金牡丹："牡丹你上来，我有事问你。今天我唱的时候，怎么好多人都在笑，是不是我唱错词了？"金牡丹忸怩起来，哼哼唧唧地说："没什么，没什么，瞎笑呢。你演得好呗，声调唱得好高哟！"

庄平仙不相信，皱着眉："不对。你没有告诉我实话，咱们可是朋友，以后有演出我会叫你的。"金牡丹忍不住了，吞吞吐吐地说："就是那个……那个画地图什么的……"庄平仙的脸一下子白了，厉声说："什么画地图，谁告诉你们的？"

金牡丹忙把安玛推上前："不是我，是她，她告诉我的。"

安玛吓坏了，没想到金牡丹竟然会当着庄平仙的面出卖她，忙说："我不知道，真的不知道，金牡丹你不要乱说！"

金牡丹笑嘻嘻地说："你说了，还说是你朋友阿莉讲的。不然我们怎么会知道？"

庄平仙的脸气得白一阵红一阵，还不等校庆结束，就愤愤地走了。安玛知道自己闯祸了。

安玛指着金牡丹说："我再也不跟你做朋友了！"

金牡丹并不在意："你怕什么呀？庄平仙又不是咱们学校的人，她能把你吃了？"

安玛气得眼泪都快下来了："可是，阿莉是宣传队的。你说了她的名字，她怎么办？"

拔　节

后来，白大林又给安玛写过一封信，告诉她自己已经到县卫校医训班上学。这封信上他没有再用"亲爱的"字眼，这倒让安玛有些失落。上次的信里他都那样称呼自己了，为什么现在又变得如此平静？也许他生气了，因为安玛没有给他回信。

卫校在县城郊外，离城有五里地。白大林并没有邀请安玛去他的学校看看，也没有说什么时候进城来看她。安玛有了心事，却无人可以说。

上课时，安玛看着窗外核桃树的枝叶，发起呆来。在也萨，白大林第一次送她的礼物，就是两个绿色的核桃。她没有舍得吃，一直放着。

安玛沉浸在绵长的思绪里，直到化学老师的手拍到她头顶。那手白净细长，带着温软。化学老师叫陈晓玉，二十多岁，短发，大眼睛。安玛心里固执地认为，陈老师应该教语文课才是，可是她偏偏教了让安玛头疼不已的化学。上个学期，陈老师的肚子有些微微凸起，就像里面塞了件衣服。下课时，赵楠楠和几个女生躲在教室后面议论陈老师的肚子，安玛在自己座位上，听见成大雁惊诧地说："陈老师平时那么正经的人，怎么也会干那种事？肚子都大了！"

金牡丹凑过去："谁肚子大了？"

成大雁说："你肚子大了。"

金牡丹一听这话不依了，上前推成大雁一把说："你才肚子大呢，你怎么什么都懂啊？"俩人真真假假地推来推去，金牡丹尖起嗓子叫安玛："快来帮我啊，成大雁肚子大了，要生娃娃了！"

这回男生可都听见了，嗷嗷地怪叫起来。金牡丹和成大雁又回过头联手骂他们："叫什么叫？猪叫狗叫！"

放学的路上，女生议论得最多的还是陈老师的肚子。金牡丹说："听说陈老师的男人是当兵的，每年只回来一两回。一回来大白天都关起门来干那事，隔壁都能听见床板响。"

安玛问："干什么事啊？"

金牡丹说："安玛你装正经呢？就是那个事呗！你将来不干吗？"安玛扑上去拧金牡丹的嘴，金牡丹忙叫着连连告饶。

安玛心里不愿意她们这么说陈老师，打岔说：“也许陈老师是衣服穿多了，你们不要乱说。”

金牡丹说：“你懂什么呀，陈老师的肚子，起码怀上三四个月才会有那么大。肚子大了挺好看的，不会生娃娃还叫什么女人！”听金牡丹这么神情自若地说生娃娃的事，安玛的脸红了。

到下学期的期中，陈老师的肚子一天天膨胀起来，以惊人的速度发生变化。她走到安玛的座位旁边，总要停住步子站几秒钟。安玛瞟着她高高凸起的肚子，想着里面真的装了一个娃娃？

下课后，陈老师刚刚离开教室，一群调皮的男生就在走廊上大声喊：“化学老师要爆炸了！要爆炸了！”陈老师装作不知道这一切。

下一节是何大树的课，他夹着讲义，迈着八字步上楼来，问道：“什么爆炸了？你们在说什么爆炸了？”

男生都怕他，赶紧低着头跑开。成大雁忙说：“何老师，他们说的是陈老师的肚子，要爆炸了。”

何大树说：“嘿！这些调皮鬼！”他的脸竟然也微微红了。

六月，期末快到了。陈老师肚子里的孩子似乎等不及放假，提前出来了。那天的化学课是何大树跑来宣布不上的，临时改成语文课。学生们问他为什么改，何大树支吾着不说原因。

放学的时候，男生们便理直气壮地在操场上喊：“化学老师爆炸了！化学老师爆炸了！”别的班的男生不明白发生了什么事，惊慌地跑过来问什么爆炸了？等他们弄清了“爆炸”的是化学老师陈晓玉时，也兴奋地跟着他们喊。

今天金牡丹格外高兴，看着男生们叫唤，她招手叫过几个女生，神秘地说：“今天爆炸的不只化学老师一个人，还有人呀！”

大家都停下了脚步，期待地看着她。金牡丹看看安玛说：“安玛的妈妈也爆炸了！你们不知道吧？”安玛的头一下子大了，乌城发生的事，怎么什么都逃不过金牡丹的耳朵？

大家把求证的目光投向安玛，安玛却咬着牙不吭声。金牡丹过来亲热地搂着安玛的肩说：“我是说你妈妈给你生了个弟弟，多高兴的事啊！我妈要是再给我生个弟弟或者妹妹，我保证对着全世界喊‘我妈爆炸了’！你们也尽管喊‘金牡丹的妈妈爆炸了’！”她的话让女生们都忍不住笑得蹲到地上去。趁她们都在笑，安玛一溜烟跑了。

妈妈终于给安玛生了个弟弟。

爸爸最是高兴，可安玛窥视着爸爸的表情，心里有些难过。三个女儿出生，没有一个是爸爸守在身边的。安玛出生在老家，三岁才见到爸爸，见面就喊叔叔。小妹妹出生时，爸爸在省城学习，照顾妈妈的重任就落到了安玛的肩上。可是现在，爸爸什么事都自己做，还专门熬了鸡汤亲自给妈妈送到医院去。

安玛心里很是不平，儿子有什么了不起？不稀奇！

安玛去医院看过，通红的婴儿，瘦瘦的，眼睛都还没有睁开。爸爸小心翼翼地把他托在手里，还凑上去亲他，就跟抱着块宝似的。

安玛想起赵老七，他老婆生了儿子的那晚，他竟然在街上放声大喊："我有儿子了，我赵老七终于有儿子了！"他又不是第一次做爹，前面生的七个女儿，好像是捡来的，全被忽略了。

爸爸和安玛分享他的幸福，回家问安玛："你觉得弟弟长得好看吗？"

安玛说："一个毛娃娃，有什么好看的？身上还有臭味！"

爸爸皱着眉说："你这个鬼姑娘，说话怎么这么难听？他是你弟弟呀！"

安玛说："我说的是实话，毛娃娃都不好看。"爸爸懒得再理她。

家里又请了个保姆。许奶姆说自己年纪大了，眼睛又不好，怕带不好小娃娃，辞工走了。爸爸把安玛骂了一顿，说许奶姆要走，和她有很大关系，都是她平时说话冲，得罪了许奶姆，人家才要走的。

安玛不说话，她不喜欢许奶姆，吃她做的饭总觉得不干净。她洗的菜也不干净，好几次安玛看见她洗好的菜里还有虫子呢。许奶姆给自己洗衣服，用肥皂一遍遍地打，洗出一堆白白的沫子，给两个小妹妹洗衣服，却用她用剩下的水，随便投几下，就拧了晾起来。

安玛把什么都看在眼里，说的话也就不中听了。好在许奶姆终于走了。

新来的老奶奶七十多岁，人长得精瘦，一双眼睛炯炯有神。老人头上裹着方青布帕子，在后脑勺那扎成个尖角，下面竟然是一双小脚，像极了从发黄的老照片上走出来的人物。安玛放学进门，爸爸指着老人说:“这是丁奶奶，以后就在我们家带弟弟，你要听她的话。”

丁奶奶手脚麻利，弟弟小，整天睡觉，丁奶奶做完事，袖着手坐在火炉边打瞌睡，头一点一点的，让人担心她会不会磕到炉子上去。好在每一回她都会在头刚要磕到炉子的时刻，恰到好处地直起腰来。

爸爸对丁奶奶很亲热，说自己也是从农村出来的，又从小没了娘，看见丁奶奶就亲，大妈长大妈短地叫。丁奶奶一本正经地说:“乌城乡下都是喊伯娘，喊大妈，人家以为还有个小妈呢!”

爸爸哭笑不得，改了口喊丁伯娘。还让安玛跟丁奶奶学做针线活，把没做完的鞋帮找出来返工。安玛想到那些鞋帮就想逃跑。

爸爸和丁奶奶还找到了共同的话题。爸爸说:“这么大的姑娘了，不会做针线活，怎么得了！将来穿衣穿鞋哪一样离得了针线?”丁奶奶频频点头:“是啊，我们乡下的姑娘，针线活不好是嫁不出去的，没有人家要!”丁奶奶还夸她的几个孙女，才十多岁，会做鞋，会绣花，有一个还会缝衣服。乡邻有大事小事，都来请她们帮忙。说得安玛爸爸一脸羡慕。

安玛感觉自己能听到身体发出像树一样拔节的声音。

夜晚才刚刚睡着，突然踩空了一脚，吓醒了。安玛听外婆说过，这是人在长高，叫“跌跌长”，就像踩在云团上，每一步都轻飘飘找不到落脚的地方。一切都被夜色包裹起来了。

安玛问过阿莉“跌跌长”的事。阿莉说：“长呀，我每天都在长呢，你看我是不是比刚进城长了一大截？”阿莉真的长高了，走路也学会了挺胸收腹，像只快要下蛋的小母鸡似的，鲜活无比。

阿莉得意地说：“我每天都练功，比别人多练一个小时呢。我不信我比他们差。我还唱歌，练扬琴，我现在都可以演奏好些首曲子了。老师说下一次演出，要我上场呢，你一定要去看啊！我带信给我妈，让她进城来看我演出，你猜她怎么说？她说她要喂猪，走不开。在她眼里，猪比她姑娘还重要啊？气死我了！”

安玛想起阿莉边剁猪菜边咒猪的样子，忍不住捂嘴笑了。

阿莉说：“对了，我还见到白大林了，昨天他竟然跑到宣传队来找我，吓我一跳，差点认不出来了呢！”

安玛的心突然一沉。

阿莉说：“他好像也长高了一截，真的，比在也萨时高多了。我才到他耳朵根那呢。”

安玛问：“他还说什么了？”

“没有。对了，他说他一定去看我第一场演出。安玛，你怎么了？”

阿莉换了个话题，说起王晓月和白蓉蓉的事来。“那个团县委的马副书记，现在被她们俩折磨得都不敢来宣传队了，听人家说他在办公室里关起门来，悄悄扔硬币，决定跟哪个好呢。”

安玛说：“你希望她们哪个跟马书记好？”

阿莉想了想：“还是王晓月好一些，白蓉蓉喜欢勾引男人！不过，我要能嫁马书记那样的男人就好了。”

安玛惊叫起来：“阿莉，这种话你也敢说？你才多大呀！”

阿莉笑笑，不以为然：“怕什么呀，反正迟早都是要嫁人的。嫁个马书记那样的男人，将来他要是真做了县委书记，我就是官太太了。我妈就不会骂我没出息了。”阿莉的话吓着安玛了，她半天说不出话来。

阿莉白她一眼，告诫说：“这话就是我们俩说说，你可不许再说给金牡丹听。上回她传庄平仙‘画地图’的事，回去庄平仙骂死我了，好久不跟我说话，连老师都批评我，说以后再不准我往外宣扬宣传队的事。”

安玛忙使劲点头：“我再也不会说了！”

人民会场是整个乌城唯一的正规演出场地。宣传队的演出都在这里举行，可以坐下好几百人呢。安玛知道自己去看阿莉演出的另一个重要理由，是可以见到白大林。

安玛头一回牵挂一个人，那种滋味真不好受，酸酸的，涩涩的，像青橄榄的回味。

票是阿莉给的，只有一张。可是，金牡丹知道消息后，却硬赖着要跟安玛同去。金牡丹委屈地说：“平时看电影，我哪次少了你？你有演出的票就不叫上我，太不够意思了吧？”安玛为难地说：“可是，只有一张票呀！”金牡丹说：“一张票怕什么？我们两个挤着坐一个位子就是了。管会场的人哪个不认识我，还能不放我进门？一个人看节目有什么意思啊？”安玛想想也有道理。

白大林早早就来了，他的票在安玛前面一排。才看见他的背影呢，安玛的心就狂跳起来，他看上去真的长高了一截。他穿件白衬衫，袖子高高地挽着，精干的样子。

他看见安玛的身影，眼睛亮了一下，扬手招呼说：“安玛，你也来了！”

安玛嗓子发干，说不出话来，只是点了点头。白大林看她一眼，目光很快落在金牡丹身上，毫不掩饰地打量着她。金牡丹推推安玛，娇羞地说：“安玛，这是谁呀？你的朋友？”

安玛含糊地说：“嗯。”

白大林从前排探过身子，抓了一把瓜子给安玛，又抓了一把给金牡丹，说：“你是安玛的同学吧？”

金牡丹灿烂地笑着，点头，剥了颗瓜子丢进嘴里，问道：“你呢，也是她的同学吗？”

白大林说：“以前是。现在我在医训班上学，快毕业了。”

“原来是未来的医生啊！安玛的同学都好有本事！”

安玛觉得自己有些多余。那天晚上的演出，三个人都没有用心看。金牡丹和白大林见面熟，趴在座位上嘀嘀咕咕说个没完。安玛心不在焉，恍恍惚惚像在梦里。

阿莉出场的时候，安玛都没发现，等阿莉唱了好几句，安玛才明白过来，这个人是阿莉。

白大林和金牡丹也停住说话，一起看着台上的阿莉，白大林也是吃惊的样子。金牡丹推推安玛，努了努嘴，示意她看白大林："看见没有，被迷住了！哎，你这个同学长得有点像严伟才，以前怎么从来没有听你说起过？"安玛没有说话，只是看着台上的阿莉。

第二天，阿莉跑到安玛家里问："昨天晚上我看见白大林了，他怎么说我的？我的妆化得好不好看？"

安玛说："挺好！"

阿莉说："你是不知道呀，我都不敢出场了，紧张得小腿直弹三弦呢，是老师一巴掌把我打出去的。唱了好几句才放松下来。一看台下全是黑压压的人头。"

安玛问："阿莉，你那么紧张还能看见白大林？"

阿莉有点不好意思："我记得他坐几排，专门看了一眼。他说什么了没有？我唱得怎么样？"

安玛心里有点难过，不知怎么就开口说："没有。他忙着跟金牡丹说话呢。"

阿莉急了："你竟然带金牡丹一起去看节目？"

"是她硬要来的，我也没办法。再说，她带我看过好多场电影。"

阿莉吸着气说："哎呀，你竟然会带着金牡丹一起来看。安玛，你可真傻啊！"安玛无奈地低着头。

乌城的冬季被阴雨笼罩着。安玛的心情和这个季节一样糟糕。

安玛和丁奶奶之间不可避免地生出许多嫌隙。在丁奶奶眼中，安玛是个不乖不听话的姑娘，没有她孙女那样挑花绣朵的本事，还挑剔人，吃饭时总要从碗里挑出几粒石子，从菜叶上挑出些黄边，拣出个小虫子，放在饭桌上，仿佛在作无声的控诉，让丁奶奶很是尴尬。

爸爸妈妈责怪安玛："你这姑娘，别人吃饭都是悄悄地就吃下去了，怎么就你事多呢？"

安玛说："这些东西本来就在饭菜里，又不是我变出来的。"

爸爸气得想打她，被妈妈拦住了。爸爸悻悻地说："你知道旧社会我们吃什么？有黄菜叶子吃就算是好的了，还要吃草根、树皮呢！你不知好歹！"

妈妈一手奶弟弟，一手拍拍安玛的头，温柔地说："好了好了，吃饭的时候吵架对消化不好，别说了。"安玛觉得很委屈。

她和丁奶奶睡一间屋子，床紧挨着。时间长了，一股股怪味弥漫在空气中。金牡丹来叫安玛上学，都不肯进屋了，站在外面抽着鼻子说："你们家是不是在做豆豉呀？太难闻了！"安玛发现丁奶奶从来不洗脚，一双小脚用布裹成粽子，长年不肯打开。那难闻的怪味就是从里面散发出来的。

一天晚上，安玛鼓起勇气对丁奶奶说："你怎么不洗脚呀？又不是没有水。"

丁奶奶笑着说："一年洗一两回就够了，又不过年不过节的，洗了做什么！"

安玛皱着眉："臭。"

丁奶奶说："你这个姑娘真是太爱干净了。我裹了那么厚的布，怎么会臭！你是嫌我们乡下人吧？"

安玛问："乡下人不洗脚吗？"

丁奶奶一边脱衣服一边说："乡下人整天跟牛屎打交道，哪里有时间天天洗脚！还是你们城里人的脚金贵，穿漂亮鞋子，还要天天洗，也不怕洗脱皮！"安玛痛苦地用被子蒙住头。

安玛的行为变得有些奇怪。有事没事呸呸地往地上吐口水，仿佛嘴里吃了什么不干净的东西。吃菜只拣白菜帮子，左看右看才放进嘴里。上学前一定要把自己的床整理好，把蚊帐边紧紧压在褥子下面。放了学还要认真检查有没有被人动过。

没多久，丁奶奶就走了。

在那之前，安玛无意中发现了她的秘密。那天，安玛放学早，和成大雁约着在街上逛，看见丁奶奶站在街角和一个乡下男人说话。丁奶奶慌慌张张地从衣服下面掏出个布包，鼓鼓囊囊的，塞到那男人手里。成大雁顺着安玛的目光看过去，问她："你认识那个老奶？"安玛说："我家保姆。"成大雁蛮有经验："别看了，一定是偷粮食，送给她家里的人。我看见过好几回了。"安玛瞪大眼睛，成大雁却不以为意："我经常偷家里的苞谷，去换麻糖吃。每回包上一手绢，看不出来的。这都是跟我家原来请的保姆学的。"

安玛很气愤。家里每月给她七块钱的工钱，供她吃住，没想到她还会偷粮食。晚上回家，安玛看着正在洗菜做饭的丁奶奶，犹豫着要不要揭穿她，却看见丁奶奶趁家里人不注意，偷偷往嘴里塞了一坨饭，一眨眼就咽了下去。

小妹妹眼馋地守在她身边，伸着手说："奶奶，要吃，要吃。”却被她推开：“去去，吃什么吃。馋死了！”于是，安玛在饭桌上问：“丁奶奶，今天在街角的那个男的是哪个？”

丁奶奶含混地说：“什么男的，我不知道，你看错了吧。”

安玛说：“我还看见你塞给他个布包，里面好像包着苞谷呢。”

丁奶奶看看爸爸妈妈，脸红了，低头吃饭不再吭声。妈妈看出了些端倪，拍拍安玛：“吃饭就不要乱说话了。”

第二天放学回家，丁奶奶就走了。妈妈抱着弟弟，长长地叹气。爸爸的脸比天还阴沉，边做饭边把锅敲得震天响，两个小妹妹声都不敢出。吃饭时，一家人都闷着头不说话。爸爸伸出个手指说：“这可是第三个了。”

没几天，家里又请了个四十多岁的女人，要安玛叫她“罗幺爹”。在也萨的时候，也有人家的孩子，见了安玛的妈妈就叫大舅，亲热得很。

安玛现在学乖了，回到家尽量少说话，免得得罪了保姆，爸爸又拿她是问。偏生这个新来的罗幺爹是个饶舌的女人，抱着弟弟站在门口跟人摆龙门阵，说安玛不搭理她，怕是看不起她，还对爸爸说：“你家这个大姑娘，怎么不爱说话呀？中学生书读多了，看不起我们不识字的人！”

爸爸又骂安玛：“你就不会多说几句话吗？你又不是哑巴！”安玛心里有气，却也不敢说话。

罗幺爹只在安玛家待了十多天，就说家里有事，走了。那一年，保姆们走马灯似的，在安玛家进进出出。安玛经常望着窗外阴沉沉的天空闷闷地想，那么大的乌城呀，为什么就找不到一个既干净又招人喜欢的保姆呢?

爸爸终于给安玛下了最后通牒:“再找不到保姆，你就回家来带弟弟。这学上不上也无所谓了。书读得越多越怪，不如不读!”

爸爸的语气是认真的。

整个冬季，除了连绵的阴雨，安玛还被反复发作的扁桃体炎折磨着。

于是她经常在县医院的门诊部进进出出。

她喜欢这里，里面有来苏尔的气息，住在也萨老房子里的那些日子的回忆，丝丝缕缕地随着这气味从记忆深处释放出来。安玛觉得，自己长大了一定是要做医生的。

安玛没想到，在医院打针的地方，会再次与白大林相遇。他们的医训班在医院实习，白大林分在打针室。见到他穿白色护士服的样子，安玛的心忍不住地狂跳起来。白大林似乎也很意外，笑着问她:“安玛，你怎么知道我在这里实习?”

安玛嘶哑着嗓子说:“我是来打针的。我扁桃体发炎了。”

“哦。”白大林有点失望。

白大林的针打得真好，跟被蚊子叮了一口似的，针尖就进去了。安玛以往打青霉素，都会疼上半天，这回却没什么感觉。看着白大林装针水、换棉球忙碌的样子，安玛的心颤了。他穿白衣服，戴口罩的样子多好看哪！

白大林说：“对了，你那个同学，叫金牡丹的，就是上回一起去看阿莉演出的那个，她好吗？”

安玛淡淡地说：“她没什么不好的。”

白大林笑笑：“下回带她来玩啊！”安玛的失落写在了脸上，招呼都没打就出了打针室。

阿莉因为看演出的事一直生安玛的气，好久不来找她玩。可是有一次，安玛在街上看见阿莉和白大林打着一把伞，俩人笑嘻嘻地走过来。安玛赶忙躲开了。心想这白大林到底是个什么样的男孩啊，怎么所有女孩他都愿意往来？看来他是彻底忘记，自己曾经给安玛写过信的事了。安玛干脆把那两个核桃送给弟弟玩，弟弟高兴地将它们一把塞到嘴里，咿咿呀呀地磨牙玩。

安玛的嗓子难受，却跟谁赌气似的，不再去医院，大不了不说话就是了。不仅如此，安玛真的担起了给弟弟做保姆的重任。前一任保姆走了，后一任还没着落。爸爸严肃地对安玛说：“你明天就不要去上学了，在家带弟弟。”安玛知道这事是不可更改的了。

安玛忍气吞声地在家做了一个星期的保姆，带小弟弟、小妹妹，做饭、洗衣服，干各种家务活。妈妈上班之前，总要唉声叹气一番，爸爸却无所谓，亲亲弟弟，甩着手走了，根本不去看安玛绝望的神情。

金牡丹见安玛没有上学，跑来叫她，看见她背着弟弟洗衣做饭的样子，同情地说：“安玛，你以后再也不读书了？”安玛不说话，只是轻轻点头。金牡丹快快地走了。

安玛不怕被金牡丹看见自己做保姆的样子，可她在意被另一个人看见。

可是安玛的担心还是不可避免地发生了。那天早上，爸爸妈妈上班去了，安玛背着弟弟，拉着妹妹，去门前买菜。突然，白大林从街那头过来了，像是刚刚下夜班，头上还戴着白帽子，眼睛有些酸涩的样子。安玛想躲，已经来不及了。她脑子里一片空白，傻傻地站着。

白大林不相信自己的眼睛，认真看了半天才惊讶地叫起来：“是你吗，安玛？你怎么没有去上学？”安玛垂着头不说话。

白大林小心地笑着说：“你弟弟长得挺好看的，像你。”说完像鱼似的快速游走了。他眼睛里的惊讶，让安玛知道，从今以后，不会再有梦了。

爸爸妈妈下班回来，发现安玛没做饭，哭得憔悴不堪。她没有说她要上学、她不做保姆的话，一句也没说。她只是哭。看见她哭，两个妹妹也跟着哭。姐妹三人哭成一团。

爸爸拖长声叹气：“现在知道哭了？知道锅儿是铁铸的了？”

妈妈沉默半天，也叹气：“只有去老家接外婆了。这世上靠得住的，也只有自己的妈啊！”是啊，为什么没有早一点想到外婆呢？外婆就像救星，像暗夜里明亮的星光。

妈妈又说:“只是不知道小舅舅会不会让她来，小舅舅家也有孩子了呀!”

安玛第一次感受到，只有女人，才能像链条一样串联起生命的密码。女人是一条河呀，她们的血液中流动着相同的哀愁。她有了一个惊人的想法，将来长大嫁了人，要生个女儿。当她有难处的时刻，自己要像外婆一样，永远能给她伸出一只有力的手，让她知道妈妈不但是绕着她流淌的河，还是她身后可以依靠的山。她被自己这个想法吓了一跳。

秘 密

班主任何老师不是本地人，长得高高的，宽肩，八字脚。他常年穿身灰色的中山装，风纪扣扣得很严实，头上总戴顶黑呢帽子。

教室的窗口正对着楼下的操场。学生们正闹腾得欢呢，有人远远看见何老师的身影摇晃着走来，就会大喊:“鬼子进村了，老何来了，准备下地道!”闹腾的声音小了些，大家开始回到座位上。大家都有些怕何老师，只有赵楠楠甩甩辫子:“怕什么，老何又不会吃人。”

安玛发现，何老师和赵楠楠的关系没有她刚转学来时那么好了。反正，何老师的妻子一直还在乡下教书。

何老师大约是心冷了，对赵楠楠也就不再像刚来时那么热切。有时候提问也叫她，回答不上来照样给她冷脸看。赵楠楠背地里就骂老何:“这个臭八字脚，太可恶了！”

金牡丹很高兴，只要老何不抬高赵楠楠，她就可以在班上跟赵楠楠比比高低。她们俩的周围都有几个要好的女生，每天一起上学放学，被簇拥着的二人就像两朵花在比美。

经常跟在赵楠楠后面的是张红、李秀英和邓平平，都是对武装部充满向往的女生。每天能进里面去叫赵楠楠上学，对她们来说是无比幸福的时刻。金牡丹的身边是安玛，还有成大雁。放好电影的时候，她的绿叶会多出几片来，连赵楠楠都会主动跟她套近乎，融洽几天。

也有跟她们俩都不密切，独往独来的女生。邹美美就是一个。

邹美美的家境不好，一家人住在大十字街旁边小巷子里，那是间低矮的公房。她爹是个补锅匠，每天早上趿着鞋、披着衣，坐在路边的棚子里敲破盆烂锅，她妈也趿着鞋，揉着眼睛在旁边拉风箱。俩人不说话，却配合默契，红红的火苗在脸上闪着光。

没有人相信邹美美是那一对补锅匠养出来的女儿。她长得白净漂亮，还爱打扮。不过是件普通的碎花衬衣，一条黑布裤子，她只在腰那收一把，肩上缝几针，穿起来就别有风采了。

在对待邹美美的态度上，金牡丹和赵楠楠是一致的。赵楠楠偶尔会用不屑一顾的口气说：“我妈说了，那种女生一看就不正经，她那叫桃花眼、水蛇腰，不是正经人家的姑娘。”

初二下学期，班上的女生像被施了魔法似的变得丰满起来。课间上厕所，成大雁傻乎乎地拉着金牡丹，说她的胸上长了两个硬块，会不会是病呀？金牡丹笑着，摸摸成大雁的胸口说："这是发育了，懂不懂？"出厕所后金牡丹笑得东倒西歪地对赵楠楠说："成大雁长奶子了都不知道，说是生病了！"赵楠楠也笑，只是没有金牡丹那么肆意。

金牡丹笑够了，亲热地搂着赵楠楠问："哎，你戴那个了吗？"

赵楠楠得意地挺挺胸："早就戴了。"

金牡丹也挺挺胸："我也戴了。安玛，你呢？"

安玛知道她说的是什么，故意装不懂："戴什么？帽子啊？"

金牡丹扑过来打她："装啊你！我看看你戴多大号的？"说着就要动手摸，安玛忙跑开了。

男生听见了，就暧昧地笑，互相追着问："你戴了吗？多大号的？"

金牡丹骂他们，他们故意惊讶地说："我们说的是帽子，你心虚什么！"

只有邹美美什么都不戴。她骄傲地挺起"两座山峰"，在衬衫下面没有任何约束地晃动。上体育课时，她简直吸引了全班人的目光。跳鞍马前要助跑一段，她跑那一段的时候，让人疑心她是不是在胸前藏着一对小兔子呢，男生女生一齐心慌。大家躲躲闪闪地看，怪怪地笑。

体育老师是男的，忙叫着："下一个，下一个。"偏生邹美美跳不过去，刚到鞍马上就坐住了，脸红红地笑。老师只好伸手把她拉下来。

邹美美叫道："哎呀，吓死我了。幸好老师帮忙！"

男生坏笑，问："要不要我们帮忙？"邹美美追着他们打，队列里热闹极了。

安玛知道，班上好多女生，都穿一件小背心，紧紧地勒着。安玛家有缝纫机，成大雁还专门买了块格子布，求着安玛给她做了件小背心，紧绷绷地勒着。下课的时候，女生们聚在窗户那里，神秘地摸摸对方的背，悄声交流穿小背心的体会。只有金牡丹和赵楠楠穿商店卖的有尺码的那种，别的女生都穿自己做的小背心，穿上这个东西，好像大家都成了同盟，有了共同的秘密。

这天又上体育课，邹美美赖在教室不肯去，成大雁叫她，她皱着眉说："我跑不动啊，来那个了。"成大雁说："来哪个了？"她说："哎呀，就是那个，三号嘛，人家肚子疼。"

成大雁还没有这份体验，嫉妒地叫起来："你都来三号了？"

邹美美做羞涩状："不要叫嘛，被男生听见不好意思。"

成大雁说："我妈说过，女人来了三号就会生娃娃了，这回你可要小心一点。"边说边笑个不停。

邹美美跳起来追着打她，成大雁躲在安玛身后说："我只是叫你小心点，又没有说你真的要生娃娃。"

去操场的路上，成大雁忍不住好奇，又问安玛："你说咱们班有多少女生来三号了？"

安玛说："我怎么会知道，人家又没有通知我。"

成大雁问："你来了吗?"安玛摇摇头。

成大雁说："我也没有。听说来三号肚子疼死了，还要流好多血，好害怕哦。可是不来那个，又好像人还没有长大，做人真是麻烦!"

"你那么想长大呀?"

成大雁白她一眼："你不想啊？长大了才可以参加工作、挣钱、嫁人。"

安玛说："还可以生个娃娃!"

"讨厌——"成大雁叫起来，又追着她打。

青春像疯长的枝条，压也压不住，向着天空绽放活力。

何老师管学生够严的了，大家都怕他，可他却管不住女生的心思。安玛每次看见他，都会感叹，原来何老师也不是万能的呀！邹美美和班上的江和平眉来眼去，他就不知道，金牡丹跟肖贵平一起看电影，星期天赵楠楠和二班的唐一波约着爬乌峰山，他也不知道。

金牡丹跟高年级的学生说："我最怕老何了，他一瞪眼，我气都不敢出。不信你们问安玛，她也怕他，我们班女生都怕他。"安玛是真怕。何老师动辄就拿告家长来吓唬她，她怕爸爸的巴掌。

金牡丹、赵楠楠跟男生玩，都是比较隐蔽的。金牡丹跟肖贵平看电影，会把安玛也约上，三个人一起看。金牡丹坐在中间，不时和肖贵平凑到一处，俩人说悄悄话。安玛明白，如果被人看见，金牡丹肯定会说："我是跟安玛一起去看电影的，安玛可以做证。"赵楠楠和唐一波爬山，也约了人做掩护。只有邹美美和江和平，无遮无拦地就开始了暧昧。

星期六下午打扫卫生，邹美美娇嗔地叫：“江和平，来帮帮我嘛，我的手都被扫帚磨起茧子了！”江和平笑嘻嘻地跑过来帮她扫地。

金牡丹对安玛使个眼色：“看见没有，有‘敌情’了。”

安玛不太明白，这算什么“敌情”？金牡丹意味深长地说：“你就等着看戏好了！”

放学的时候，邹美美假装做作业，赖在教室不肯走。江和平自然也不走，伏在桌上做作业。金牡丹起了疑心，走到校门口了，突然扯着安玛、成大雁又回教室去。到了门口，三个人蹑手蹑脚地往里看，江和平和邹美美坐到了一张桌子前写作业。金牡丹有点失望，扯着俩人又下楼来。她愤愤地说：“迟早有一天会让我抓住的。烂补锅匠的姑娘，她凭什么呀？你们不知道吧，江和平原来是喜欢我的，我还送过他一张电影票呢。”

安玛不明白，金牡丹明明跟肖贵平好了，为什么还不准江和平跟邹美美好呢？也太霸道了吧！但安玛没有说出来。再说，跟一个人“好”，是不可以说出来的，是秘密。

其实安玛也悄悄喜欢着江和平呢。江和平个子高高的，五官端正，爱穿蓝色的衣服，脸上总挂着笑意。他的座位和安玛隔着过道，即便算不上同桌，算“同排”总可以吧？

江和平的妈妈是食馆里的服务员，就像大十字街口卖猪儿粑的那些女人一样，每天站在柜台里包抄手、卖汤圆，总是扯长了嗓子喊：“抄手一碗，汤圆要芝麻馅的——”

安玛没有邹美美的大胆，也没有金牡丹的热情，她只是悄悄地看着江和平，他的微笑，他轮廓分明的脸。安玛觉得，悄悄喜欢一个人，也是很幸福的。

可是，金牡丹非要抓住江和平跟邹美美的“现行”。她说：“一定要打击她一次，不许她猖狂！而且，赵楠楠也讨厌她呢，说咱们全班女生都要孤立邹美美，不能让一个补锅匠的姑娘在班上出风头！”那些天的金牡丹像猎手在捕捉猎物的气息，目光炯炯地观察着江和平和邹美美的行动，还要安玛、成大雁一起帮她。

晚自习时，安玛在作业本上乱写乱画，做她最害怕的数学。安玛一道题也不会做，开始还写数字，后来就成了乱画，数学老师瓶底似的眼镜、乱糟糟的胡子，竟然从凌乱的数字和线条中钻了出来，严厉地看着她。安玛一连打了三个叉。安玛没有注意到，教室里少了几个人。

金牡丹冲进来，招手叫上安玛、成大雁和赵楠楠，还叫上几个男生，满脸神秘地说：“跟我来，今晚有好戏看。”正在上晚自习，校园里很安静，一行人跟在金牡丹身后，来到果园入口。这是一道简单的竹篱笆门，轻轻一推就开了。透过光影，他们看见大梨树下面，两个影子紧紧贴在一起。金牡丹大叫一声，冲上前去：“抓住了，抓住了。江和平、邹美美你们两个在这里干什么？”两个人影一下子分开了。

邹美美慌乱地说：“没干什么，就是……就是……

在这里吹吹牛嘛。”

江和平也说：“我们在讨论今天的作业，她不会做，我教教她。”

金牡丹激动地说：“黑灯瞎火地做作业？你们明明是在亲嘴，我都看见了，抱得紧紧的。你们说是不是？”

“邹美美，你太不要脸了！”几个男生怪叫起来，把老师和学生都引来了。

那一晚的校园热闹非凡。邹美美要跑，金牡丹却不放过她，紧紧拉住她的衣服不让走：“说清楚了，你是不是在跟江和平亲嘴？”

邹美美倔强地说：“关你屁事！”

金牡丹嚷嚷着：“就关我的事，关大家的事，关全校人的事，你们说是不是？”

学生们热烈地起哄：“对对对，关大家的事！说清楚了，亲没亲？”

事情闹到校革委会那里，何老师也来了，黑着脸。张主任问清情况后，严肃批评了江和平和邹美美，要他们回去好好写检查，从思想上深刻反省。

张主任表扬了金牡丹。金牡丹扭捏着说：“也不是我一个人的功劳，还有安玛、成大雁，她们一起去的。”

何老师指着安玛的头，莫名其妙地说了句：“你们呀，你们！”

安玛琢磨了半天：我们，我们怎么了？

那件事情后，邹美美一个星期没来上学。江和平倒是来上学，只是整天低着头，像被霜打过的模样。

课间，金牡丹跑过来安慰江和平：“其实那件事嘛，也不能怪你。你一定是受骗上当了。明天晚上我请你看电影，朝鲜电影《卖花姑娘》，新片子，要票的人可多了！”江和平的脸色很难看，安玛从来没有见他的脸如此阴沉过。江和平一拍桌子大叫：“滚开！”金牡丹委屈地对安玛说：“真不识好歹，我都请他看《卖花姑娘》了，他还生什么气！”

令安玛惊讶的是邹美美。她再来上学时，脸上竟有了一种凛然不可侵犯的表情。下了课谁也不理，独自坐在位子上，一粒粒往嘴里扔苞谷花，狠狠地嚼。金牡丹把赵楠楠拉到外面，悄悄说：“她也太嚣张了吧？咱们应该想个办法。不就是个补锅匠的姑娘嘛！”

赵楠楠说：“别理她就是了。”

邹美美冲出教室，对她们吼：“补锅匠的姑娘怎么了？就不是人了？我告诉你们，哪个再敢害我，当心我用我爹补锅的铁水泼她的脸，让她变成朱疤子！”

赵楠楠扯扯金牡丹的手：“走吧，别惹她。这种人什么事都做得出来。”

经过这件事，安玛对金牡丹有了些看法。金牡丹和肖贵平就经常在一起玩，也很亲密。有一回安玛去人民会场找她，她坐在票房帮她妈卖票，肖贵平也坐在里面，帮她收钱，撕票。两个人的头挨得那么近。

肖贵平个子不高，人长得精瘦。喜欢穿一身黄军装，戴军帽。听说他哥哥就是军人，他穿的都是旧军装改的衣服。金牡丹说，肖贵平瘦是因为他在跟人学练功，练功的人都没有胖的，还说跟他在一起，打架就不用怕了。肖贵平一个人就可以打好几个呢。

金牡丹跟安玛说:“咱们是好朋友，我告诉你实话，我跟肖贵平只是一般朋友，没有谈恋爱。别人说我的话，你可要替我澄清哦!”

那年夏天乌城最热闹的事莫过于放朝鲜电影《卖花姑娘》了。乌城人平时看的多是打仗的电影，男生每天见面都会对暗号:

“消灭法西斯!”

“自由属于人民!”

现在突然来了一部不打仗，光让人感动、流泪的电影，乌城人激动了，都要去看看，去流流眼泪。金牡丹又成了一中最受宠的人物，每天上学她书包里都装着一沓电影票，哪些是送老师的，哪些是给同学买的，全用小本子记得清清楚楚。

金牡丹没有忘记给她最好的朋友安玛送一张票。16排2号，当然是最好的座位。金牡丹说:“安玛，我对得起朋友吧?成大雁我都没有送她票。”安玛很感动。关键时候金牡丹还是想着她的，这就够了。

晚上七点半，安玛来到会场，发现自己座位旁边坐着的竟然是肖贵平。

安玛问:“金牡丹呢?她的座位在哪里?”

肖贵平说:“她看过好几遍了。要帮她妈卖票，来不了。”

金牡丹来不了，安玛就要跟肖贵平看电影，这让她很为难。要是被同学看见他们俩一起看电影，不知道会说什么。肖贵平似乎看出了安玛的心思，找话跟她说:

“安玛，你平时怎么不爱说话？你不像成大雁她们那么爱闹。”

安玛脸红红地说：“我不爱闹。”

肖贵平说：“我也不喜欢太闹的人。”安玛想问他，金牡丹还不够闹啊？你怎么跟她好呢？可她是不会把这话问出口的。

好在很快灯就灭了，电影开演了。真是部好看的电影，安玛很快忘记了身边的男生，专注地投入进去，看到花妮的妹妹被地主婆的药烫伤，安玛的泪水哗哗地流下来。

突然，安玛放在扶手上的手被肖贵平的手压住了。那手很温热，又很硬。安玛的心咚咚地跳起来。她用余光看肖贵平，他竟不动声色地端坐着，十分专注于电影的样子，嘴角有一丝若隐若现的笑意。

安玛试着抽回自己的手，却被拽得很紧。她记起金牡丹说过，肖贵平是练功的人，力气自然大。后来，成大雁问起安玛《卖花姑娘》的故事，安玛回答得东拉西扯。成大雁不满意地说：“你不是看电影了吗，怎么什么都不知道？”

安玛说：“我记性不好。”

“你平常记性挺好的。”

“我也不知道怎么突然就不好了。”

邹美美独往独来，不和班上的女生说话，每次进教室，她都故意挺起胸，根本不怕人的样子。下了课邹美美只跟隔壁班的女生玩，还对她们说，她现在班上最大的敌人就是金牡丹，总有一天她要让金牡丹也尝尝被人害的滋味。金牡丹听见了，不以为然地撇撇嘴。

邹美美不知道从哪里知道了金牡丹跟肖贵平的事，跑去找何老师，委屈地说：“金牡丹跟男生好，你管不管？你要是不管，我就去找张主任，大家都是学生，要一碗水端平。”

何大树没办法，只好找金牡丹谈话，问她有没有跟肖贵平怎么样，金牡丹很委屈，噘着嘴说她怎么会跟肖贵平好呢，肖贵平是跟安玛好的。

何老师吓了一跳，连声说：“哎呀，哎呀，你们这些女生，小小年纪怎么这么复杂呀！”

于是安玛也被何老师喊去谈话，连她跟肖贵平一起看《卖花姑娘》的事，何老师也知道：“是不是真的？”安玛红着脸点点头。

何老师问：“还一起做什么了？”安玛使劲摇头。

何老师背着手在办公室里踱起八字步，边踱边说：“看来我真的要找家长了。”

安玛的泪水在眼眶里晃动着，终于吐出一句：“票是金牡丹送给我的。”

何老师皱着眉看了她半天，指着她的鼻子说：“你以后少跟金牡丹搅在一起，听见没有？”

离开办公室，安玛后怕地想，幸好何老师没再多问，再问下去，自己说不定就把肖贵平摸自己手的事说出来了。现在，她不敢看肖贵平，怕他的眼睛，怕他的手，连他的座位都绕着走。这样一来，班上的人更有理由认为，安玛和肖贵平之间一定是有过什么事情的。

安玛好几天不理金牡丹。邹美美见缝插针，连忙来拉拢安玛。放学的时候在操场上堵住她："安玛，以后上学我来叫你好不好?"第二天早上，邹美美果然就来叫安玛了。邹美美说："金牡丹是什么东西啊，她妈卖个电影票就了不起了？我告诉你个秘密，她弟弟金强不是亲生的，是捡来养的娃娃。"

安玛很惊讶。邹美美又说："听说连金牡丹都是捡来养的。她爹妈不会生娃娃。"安玛更意外了，这世上怎么会有这么多秘密?

邹美美得意地说："我什么都知道。她把我惹急了，总有一天我会让她好看。"

金牡丹先急了，第三天就忙着堵住安玛，硬扯着跟她一起回家，一路上都在说些好听的话哄着、劝着。安玛不好意思再绷着脸了。金牡丹还掏出本连环画拿给安玛，郑重其事地说："这可是电影《白毛女》，是赵楠楠借给我看的。我知道你一定爱看，先给你看，够朋友吧?"安玛点点头。这本《白毛女》赵楠楠已经借了好几个人看，安玛想看，却不好意思开口借。

金牡丹说："不过你不要让赵楠楠看见，她会生气的。"安玛点头。

"你不说话，还生气呀?"

"不生气了。"

"那你以后不要再让邹美美去叫你上学了，等我来叫你。我的朋友被她抢走了，我还怎么在一中混，你说是不是?"

那本《白毛女》可不是电影上演的芭蕾舞版本，而是老电影版本，一个叫田华的女明星主演的。一般人都没有，所以就显出了这本连环画的可贵。赵楠楠说这是她舅舅送给她的，她舅舅在省城工作。

安玛千不该万不该在杨老师的数学课上偷看连环画。安玛听不进公式，在抽屉里面悄悄翻看《白毛女》，看得入了迷，连杨老师站到身边都不知道。杨老师伸着手说："拿来。"

安玛不拿，死死地拽着书。

杨老师不耐烦了，俯身去抢，一把就将书抢到手里，朝讲台走去。全班人都看着杨老师，他一句话也不说，把连环画举得高高的，几下就撕成碎片，往窗外扔去。安玛彻底傻了。

赵楠楠捡起地上的纸看，杨老师撕的竟然是她的《白毛女》！她愤怒地瞪着金牡丹。金牡丹张着嘴说不出话来。

杨老师刚出教室，赵楠楠就扑了过去，伸着手问金牡丹："我的《白毛女》呢，快还给我！"金牡丹的一张巧嘴，此时也变得笨拙了，涨红了脸说："安玛，我只是让你保管一下，你怎么上课就看起来了？"安玛咬着嘴唇呆呆地坐在座位上。

最高兴的是邹美美，幸灾乐祸地在教室前面跳起来，边跳边叫："锻炼身体，保卫祖国。江和平，你怎么不来跳呀！"

赵楠楠对金牡丹说："我不管，我的书是借给你的，谁让你拿去做人情！"金牡丹恨恨地看着邹美美，不说话。

“限你今天之内赔我的书!”

不就一本连环画嘛，赵楠楠就翻脸不认人了?这让金牡丹觉得很没有面子，她拉长脸坐下去说:“反正不是从我手里拿去撕的。”

赵楠楠说:“反正我是借给你的。”

放学后，大家都走了，教室里只剩下安玛、赵楠楠和金牡丹。赵楠楠不依不饶，一定要当天解决书的事情。赵媛媛听说后，带着两个她们班的女生，也从楼下教室赶来，捡起地上被撕坏的连环画，惊乍乍地叫:“谁借的找谁赔!”金牡丹赔着笑说:“这样吧楠楠，书是借给我的，我赔你，赔你两块钱，总可以了吧?”那本《白毛女》定价一毛五分。

赵楠楠撇撇嘴，不屑地说:“谁稀罕你的钱，我就要书，原样的书!”

金牡丹生气了:“赵楠楠，你也太不讲理了，我上哪买去?”

赵楠楠朝低头坐着的安玛努努嘴:“找她呀。不是她干的吗?”金牡丹咬着嘴，什么话也不说。

赵媛媛一把抓过安玛的书包，把语文书翻出来，做出要扯的样子说:“要不我把它撕了?”几个人都不说话。赵媛媛唰一下，把安玛的语文书撕成几大块，扔到地上。安玛的嘴唇颤动着，泪水奔涌而下，哇地扑在桌上放声大哭。赵媛媛跳着脚说:“哭什么哭，又没有死人。”

这是安玛第一次当着别人面哭。

安玛咬着牙站起来，像举了一把锋利的刀。或许是被她的表情吓到了，赵家姐妹悻悻地走了。

金牡丹跟在她们后面，讨好地笑着，告诉她们又要放新电影了，问到时候要几张票，一定给她们留最好的。

安玛看着地上被撕烂了的语文书，放声大哭。

麻　糖

乌城一中的门口，小摊贩夹着道，紧紧地挤在两旁。圆簸箕里炒得喷喷香的瓜子，敲得叮当作响的麻糖，夏天还有上了色的冰棍、红色的木瓜水。吃零嘴是一种奢侈的享受。

成大雁是班上女生中最痛苦的一个。别人多少掏得出来三分、五分买杯瓜子嗑，成大雁家娃娃多，姐弟五个，她是老大。父母都是酱菜厂的工人，从来不给她零用钱。安玛去叫她上学，见到成大雁的妈妈扎着长围腰，穿双黑水鞋，大着嗓子吆喝他们姐弟："把碗里的饭扒干净了，一粒都不许剩。老天爷看着呢，浪费粮食要遭雷劈！"

偏偏成大雁天生就嘴馋。每回经过校门口，对她都是一种无形的折磨。如果看见有认识的女生买了零食，她一定会凑上去套近乎，讨几颗瓜子骗骗嘴。跟她比，安玛觉得自己还算比较幸福，爸爸每天给她一角钱买早点，五分钱可以买个面包，剩下五分钱还可以买个猪儿粑。省了早点钱就可以在校门口买些零嘴了。

有一阵，早晨上学时，安玛都会在大十字路口“恰好”遇见成大雁，很热情地陪着安玛去买早点。这样，成大雁就可以名正言顺地跟安玛分一半面包或者半个猪儿粑吃。

初二上学期，全班都要到学校农场劳动一个月。每天要到地里锄草、种苞谷、搬石头、垒台地，干的都是重活，吃的却是顿顿酸菜汤就苞谷饭。四周都是山，连卖零嘴的小贩的影子都没有。

乌城很少产米，大部分时间吃的都是苞谷饭。苞谷饭不比大米，经过喉咙时石头渣似的堵着，要使劲才能咽下去。安玛在家吃苞谷饭那些日子，就经常要被爸爸数落：“吃饭皱着眉头干什么？解放前我们连苞谷饭都吃不上，还吃过草根树皮呢！现在的娃娃真是不知好歹！”也不怪爸爸生气，粮食局每月定量供应的粮食中，就规定好了有一多半是粗粮，每人每月只有有限的几斤大米。那些苞谷都是烟熏过的，吃到嘴里还带烟味。有时候粮食局也会换换花样，把粗粮变成红薯片，买回家再打成粉，做粑粑吃。

在农场昏暗的房间里，大家都打地铺，一个挨着一个，枕头底下悄悄地藏着些秘密。金牡丹带了饼干，用小箱子锁着。李秀英带了瓜子，邓平平带了一包水果糖。一到晚上，她们就像老鼠似的，躲在铺位上偷吃零嘴。但不管怎么小心，总会有些声响传出来。

成大雁早早躲回铺上，用被子蒙住头，竭力躲避吃的诱惑，可是又睡不着，在被子里翻来覆去折腾自己。后来，成大雁主动提出，为大家倒洗脚水，条件是每人把吃的东西分一点给她。她也不计较，一把炒蚕豆，一把炒瓜子，一颗水果糖都可以。有了交换条件，每天晚上女生们就乐得倒在铺上，让成大雁帮她们一盆盆地倒洗脚水。成大雁很是卖力，一间屋子少说也有十多盆水，又多是黄色的泥水，她也不嫌弃。大约因为是用力气挣来的，安玛听见她吃东西的时候，理直气壮，十分安然。娇生惯养的金牡丹哪里吃得了这里的苦，跟成大雁商量："明天你把我的那份活一起做了，我分你饼干吃好不？"

成大雁却不干："帮你倒洗脚水可以，干活不行。都是来劳动锻炼的，我帮了你，你还锻炼什么？再说老师也不会答应。"

金牡丹气愤地说："赵楠楠就没来，她就可以搞特殊？我们就该锻炼？天天抬大粪桶，臭死人了！"

农场的地都在山上，要把大粪一桶一桶抬上去种苞谷。女生力气小，两个人抬半桶。可那也是大粪呀！场长教训她们："不要太娇气，你们以为粮食是天上掉下来的？种了地以后才知道珍惜粮食。"

离开农场的前夜，班上女生挤在铺上聊天，讨论起将来如果有了钱，第一件事要做什么。有人说要买块手表，有人说要买漂亮衣服。成大雁先是不作声，后来突然无比激动地大叫一声："将来我有了钱，第一件事是下饭馆，把馆子里所有的菜都点上，回锅肉、炒肉片、酥肉全都要。我要痛痛快快吃他妈一顿！"

大家都被她的声音给镇住了，半天才回过神来，一个个笑得东倒西歪。

金牡丹说：“这也值得大喊大叫的？明天回去就可以实现。回去就叫我爸爸带我下饭馆。”

成大雁恨恨地说：“那是你！我们可没有那福气。安玛，你下过饭馆吗？”安玛摇摇头，其他女生也摇头。

下饭馆，那是多么奢侈的事情。比吃零嘴奢侈多了。

校门口的零食摊前，最吸引人的要数卖麻糖的老头。老头个子高高的，穿黑衣服，戴顶棕色帽子，眼睛总是专心地打量着学生们，像是要判断出哪个人的口袋里装有买麻糖的钱。

老头差不多每天都来，头顶一个圆簸箕，隔着老远呢，就悠悠地飘来麻糖的香味，还有麦芽的清香。老头还要用两块铁片敲出声音，诱惑大家的神经。

他卖的麻糖有两种，一种是整块，用小锤子敲碎称了卖。还有一种更精致些，做成银圆的形状，卖五分钱一块。安玛买过五分一块的吃，不像吃面包和猪儿粑那样，一口就咬下一块来了。麻糖是黏的，有很强的韧性，咬一口，还有细细的一缕糖丝，扯也扯不断。成大雁馋得直咽口水，埋怨安玛：“你就不能吃快一点？”可是吃麻糖真是不能心急，又掰不下一块来分给另一个人吃。

一天下午，成大雁竟然带了麻糖进教室，还是好几块，用小手绢包着，藏在抽屉里。可是气味是会长脚的呀，那股麻糖味搞得成大雁旁边的人上课都心神不宁，悄悄抽着鼻子闻来闻去。

下课的时候，成大雁站在走廊上，把麻糖扯得老长，还不断吧唧着嘴，发出响声来。金牡丹上前搂着她的肩："大雁，买麻糖了？连朋友都不分点？"成大雁含混地说："等等我吃完……吃完这块再说。"金牡丹咽了咽口水，眼巴巴地看着她。成大雁从手绢里拿出一块"银圆"来，思量了半天，说："这块，你跟安玛两个人分。你们去扯吧。"金牡丹还想看她的手绢，她早包上了。这是安玛头一回吃成大雁买的麻糖。

金牡丹吃了糖，又搂着成大雁的肩问她："哎，大雁，你哪来的钱买麻糖？是不是偷你妈的钱包了？"

成大雁白她一眼："我妈的钱包，贼都偷不着，有几角几分她记得清清楚楚的。"

"那你的麻糖哪来的？"成大雁含含糊糊地，还是不肯说实话。

金牡丹转身对安玛严肃地说："我告诉你，这事一定有问题！"

放了学，俩人又追着成大雁，要她说出麻糖到底是哪里来的。成大雁被她们缠不过了，这才不情愿地说出口。原来，那老头看学生没有太多钱买他的麻糖，竟然想出办法，动员学生从家里拿粮食来跟他换。成大雁今天从家里包了一手绢苞谷，就换了好几块麻糖。

金牡丹说："这不是偷东西吗？"

成大雁不以为然："拿别人的东西才叫偷。我拿自己家里的，粮食本上也有我一份，怎么能叫偷？"金牡丹怪怪地笑。成大雁知道金牡丹是不屑做这种事的，懒得和她多说。

可是，成大雁却看准了安玛，背着金牡丹动员她也回家拿粮食去换麻糖。安玛先是不肯，可是架不住成大雁左说右说，加上麻糖的诱惑，安玛还是动摇了。第二天，安玛从家里包了一手绢苞谷，藏在书包里背着去上学。第一次偷东西，安玛的表情不大自在。好在外婆只是奇怪地看她一眼，没有追问。

成大雁教她："每回不要多拿，一手绢就够了，不然会被发现。"

安玛想起当初请的丁奶奶，她就是这样一点点偷粮食，拿给她的儿子带回家去吗？要不是安玛偶然发现，丁奶奶还会继续偷下去。现在，安玛自己也开始偷家里的粮食了？可她马上想起成大雁还说过：拿自己家里的东西，怎么能算偷呢？这么一想，心里就释然了许多。

放学后，成大雁带着安玛去卖麻糖的老头家。他家就在学校后面，但是绕着围墙要走十多分钟才到。一个扎着竹篱笆的小院子，几只鸡正在觅食。老头从屋里伸出头来看了一眼，说："进来吧！"

安玛进了屋才知道，那是一个多么有趣的地方啊！满屋子飘散着淡淡的雾气和沁人心脾的麦芽香，滚烫的糖稀在锅里翻滚出金色的波浪。待糖稀稍微冷一会儿，老头手法娴熟地将蘸了熟豆面的糖稀甩到门旁木杈上，开始用力地拉、扯、拽。糖稀在他手中变得柔顺无比，像面团，像河水的柔波。最后，神奇地变成一个个银圆大小的麻糖，滚进簸箕里。

老头得意地看着目瞪口呆的她们，笑着说："怎么样，厉害吗？"

安玛咽着口水，点头说：“太厉害了！好香！”

成大雁的一手绢苞谷换了四个银圆麻糖，安玛的少点，只换了三个。多幸福的时刻呀，她们手里捧的是世上最美味的东西。

安玛还剩下一个麻糖，舍不得一口气吃完，用手绢包了藏在枕头底下。到第三天的时候，麻糖化了，化成一团糖浆。大妹妹在床边嗅来嗅去，对爸爸说：“我闻见糖的甜味了。姐姐有糖，不给我吃。”

安玛忙说：“乱说，我哪有糖。”

小妹妹也跟着叫：“我要吃糖。”

安玛吓坏了，赶紧打岔：“明天我给你们买猪儿粑，一人分一半好不好？”爸爸斜着眼睛看了安玛一眼。

安玛决定再不跟成大雁学偷粮食了。可是，班上的女生却被成大雁动员起来了，大约除了赵楠楠和金牡丹几个家境好的女生没有参与，其他人或多或少都从家里拿过粮食，去换麻糖吃。直到有一天，有家长追到学校找何老师告状，这事才彻底暴露出来。

何老师把参与过的女生留下训话，拍着桌子说：“我都替你们害羞，就那么馋嘴？竟然敢偷家里的粮食，将来大了还有什么不敢偷？小时偷针，大了偷金！”成大雁满不在乎，对安玛扮了个鬼脸，悄悄对她说：“你相信老何从小到大一次也没有偷过东西？反正我是不信。”

安玛说：“他是老师。”

成大雁说：“他又不是生下来就当老师的。他就没有当过学生？他就没嘴馋的时候？你瞧他那个样儿！”

何老师像是听见了，远远地指着她："成大雁，你怎么就不知道害羞啊？听说都是你领的头，你胆子也太大了吧！"成大雁忙低下头做羞愧状。

三班女生偷粮食换麻糖的事情，很快被全校人都知道了，落下一个集体嘴馋的坏名声。上早操站队，别的班都冲她们指指点点，害得大家抬不起头。放学的路上，安玛几个正走着，高中部的罗丽莎笑嘻嘻地跑过来问："哎，楠楠，我听说你们班女生偷粮食去换麻糖吃，是真的吗？"赵楠楠撇撇嘴，瞟一眼安玛和成大雁，拖长声说："不知道——反正我是不会跟那种人玩的。丢人现眼！"

成大雁不高兴了，嘀咕道："又没有偷你家的粮食，丢你什么脸了？"

赵楠楠说："你大点声说！"

成大雁就大声说："关你什么事！"

两个人在路上吵了起来，两边都有人在劝架，又有许多人看热闹。安玛伤心的是金牡丹竟然没有站出来帮成大雁说一句话，倒是在劝赵楠楠："别说了，没意思。跟那种人说什么呀！"成大雁一听生气了，转过来又骂金牡丹："我这种人怎么了？你不要跟我做朋友好了，你有钱，我们都穷。"说完拉着安玛气冲冲地跑了。

成大雁说："安玛，你看见没有，金牡丹这个臭东西是靠不住的。平时哄着我们跟她玩，只要赵楠楠赏她点脸，她就不知道自己姓什么了！"

安玛不知怎么开口说道："我听邹美美说，金牡丹和金强都是捡来养的，不是他们妈妈亲生的。"

成大雁忘了生气："真的？她的命怎么那么好，捡来养的姑娘还能吃好的穿好的。我们这些爹妈亲生的，倒穷死了，成天被人家欺负！"两个人闷闷地在街上转了很久。

街上也有吃的东西卖，小贩袖着手，面前的簸箕里用纱布盖着黄粑，还有一个簸箕，纱布下面盖着的是荞糕。食物的香味是盖不住的，成大雁吸吸鼻子："安玛，将来我有了钱，一定买两斤黄粑，你信不信我能吃得了？"

安玛看看成大雁的扁平的肚子，摇摇头："我不信。那还不把你撑死了！"

成大雁急切地说："我真吃得了，两斤黄粑算什么呀，三斤我都吃得了。不信你买给我吃？"

安玛笑了："我哪里有钱！有钱我也吃得了两斤！"她听见成大雁的肚子咕咕地叫。

她们遇见了阿莉。现在的阿莉完全是个城里人了，穿一件蓝卡其外衣，收了腰的，一条黑裤子，中间有笔直的线缝。脚上是双黑平绒布鞋。头上梳两根长辫子，扎了红色的细条发带。安玛看看自己身上，皱巴巴的衣服，脚上一双断了襻的塑料凉鞋。

宣传队的人在城里都是名人，成大雁也知道阿莉，兴奋地对着她笑。只是阿莉不认识她，对着安玛打招呼，还要跟安玛一起逛街。

安玛说："我已经逛够了，要回家做事去。不然爸爸要骂我了。"

阿莉却不放过她，拉着手说："我们好久没有一起玩了，今天我发工资，我请你们俩吃抄手?”安玛还没有说话，成大雁的眼睛已经放光了，她悄悄扯安玛的衣角，让安玛答应下来。三个人一起进了小食店的门。

抄手不算贵，一两粮票，一角二分钱一碗。可是很少有学生会进馆子一本正经地坐着吃，对于他们来说，买个猪儿粑已经是奢侈。可是今天阿莉却请她们俩正经地坐在桌子跟前，一人吃了两碗抄手。

阿莉用手绢擦擦嘴，问安玛，大萍是不是也进城来上学了。有一天阿莉在大十字那里明明看见了大萍，叫她却不理。安玛在校园里也远远地看见过大萍，她说：“长大了，就生分了呗。”

阿莉叹气道：“还是在也萨的时候好玩，我们是多好的朋友呀!”

阿莉说起自己在宣传队的生活，没有想象得那么好。老的那一拨人总要压着他们新进去的一拨，阿莉虽然也上台演出了，可都不是什么重要的角色，她想演《龙江颂》里的主角。

安玛呆呆地望着阿莉：“你才进去多久呀，庄平仙都演了好几年了。”

阿莉说：“你知道什么呀。我唱得比她好，又比她小好多，她就怕我超过她，将来取代她，所以处处不给我机会。整天只让我敲那破扬琴，我都敲腻了。”安玛觉得阿莉不是她从前认识的那个阿莉了。

成大雁边喝汤边用崇敬的目光看着阿莉，舔着嘴角说：“天哪，今天真是太幸福了!”

乌城的女人

安玛很小的时候就懂得，女人和男人是不同的。上厕所要分开，衣服样式有分别。男孩可以满世界疯玩，女孩那样玩，要被大人骂没规矩。好在安玛在也萨的时候，大人没有时间管娃娃的事。人要是永远都不长大多好啊！可一进乌城，一切都不一样了。

安玛经常想，长大真没意思！连阿莉心里想的都是怎么嫁个当官的男人。最近，阿莉都不来找安玛玩了，说是要排节目。

宣传队派人到省城学样板戏《杜鹃山》，阿莉竟然说服了领导把她也派去，和庄平仙一起学演柯湘。安玛去宣传队找她的时候，她正在练功，大汗淋漓，脸蛋红通通的，腰上扎了根带子，挺着胸脯喘气。安玛觉得，阿莉像一只从茧子里钻出来的蛾子，抖抖翅膀变成了蝴蝶。

阿莉说："我要去昆明了，要去两个月呢。听说到昆明要坐好几天的汽车，我真怕会晕车。"

正说着，白蓉蓉从她们面前走过，阿莉甜甜地和她打招呼。等白蓉蓉走远了，阿莉在安玛耳边神秘地说："这个女人太厉害，把马书记都放翻了。现在全宣传队的人都知道，马书记早晚要跟她结婚的。"安玛问："那王晓月呢？""跟杨少波好呗。不过气得哭了好几次呢。"安玛说："阿莉，看来你也没希望了。"

阿莉一时没有反应过来，问她："你说什么？我怎么就没希望了？"

"你说过你想嫁马书记的。"

阿莉淡淡一笑："说着玩的，我还小呢。"

安玛却脱口而出："阿莉，你会嫁给白大林吗？"说完自己都吓了一跳，紧张地看着阿莉。

阿莉问："我为什么要嫁他呀？"

"你们俩不是挺好的吗？他经常来找你玩。"

阿莉撇撇嘴："我才不会嫁个男护士。再说，白大林那种人靠不住的。"阿莉竟然把白大林都看透了？

安玛真心地说："阿莉，进宣传队真好啊，可以学那么多本事！"

阿莉摇摇头："外面的人是不知道，看见没有，那个叫孔薇薇的，听说跟武装部的一个参谋睡觉，刚打过胎，还假装生病，瞒得了谁呀！"有阿莉在，宣传队不再神秘了，安玛看见了可怕的真相。

安玛搂着阿莉的肩："你学戏回来，请我看演出，好不好？"

安玛走出几步，阿莉突然叫住她："问你一句话，你喜欢白大林吗？"安玛愣住了，不知道怎么回答。

阿莉说："我知道你喜欢他，可是他真的是个靠不住的人。你别瞎想了，这种事怪害人的！"

安玛皱着眉："阿莉，你别乱说！"

阿莉笑笑："只有一个人跟他合适，就是金牡丹。"

杨少波路过，顺手揪揪阿莉的辫子："小阿莉在说什么呢？"

阿莉在他屁股上虚踢一下："说你呢，跟晓月姐谈恋爱。"杨少波笑着走了。

安玛好佩服阿莉，轻松自在，比城里人还像城里人。

回到家，桌上竟然放着几颗水果糖，妈妈下班带回来的，说是梁医生从也萨托人带的。安玛追问妈妈："梁医生到底跟哪个结婚啊？"

"还能有哪个，不就是朱玉嘛。"安玛想起在台子下面哭泣的乡下女人，那才是梁医生的妻子呀。

安玛说："那梁医生不就二婚了嘛，朱玉还会嫁他？"

"咦，你什么都懂啊！什么二婚不二婚的，那是人家两个的事。朱玉那么精明，她看上的人还会有错？再说，梁医生哪点配不上她！"

安玛似懂非懂，剥了颗水果糖丢进嘴里，甜蜜的感觉一下子弥漫了全身。结婚真好呀，可以让周围的人也感受到甜蜜。

妈妈工作的医药公司分来了一个女孩。安玛背着弟弟去妈妈的公司吃奶时见到她的，一个娇小玲珑的女人，叫艾丽。据说是从地区卫校分配来的，皮肤白皙细嫩，瓜子脸，大眼睛，梳两条黑油油的小辫。

弟弟吃奶，安玛伏在柜台上看艾丽抓中药，嘴里念念有词："白及三钱，防风五钱，黄连两钱。"艾丽惊讶地说："老宁，你家这个姑娘认识中药！"

妈妈笑笑："她经常来，看得多了。不奇怪的。"

安玛喜欢艾丽脸上那毫不做作的喜悦，大家也都喜欢她，小艾小艾地叫。安玛看过一本叫《罗汉钱》的小人书，里面的女主人公也叫小艾。

安玛上学的路上不时能见到小艾，她经常穿灰色外衣，提串钥匙。商店里的人看着她的背影都说："那是医药公司新分来的，长得比宣传队的女人还漂亮！"

安玛觉得小艾的漂亮和宣传队的女人不同，这是一种安静的美。宣传队的女人美得张扬、外露，小艾则像夜来香，不显山不露水，只是幽幽地散发出香味。原来女人的美丽也是不同的。

安玛想，一个什么样的男人，才能配得上小艾的安静与美丽呢？毕竟，女人都是要嫁人的。

没多久，乌城传开了小艾和公司里一个姓余的男人好上的消息。

男人叫余长江，长得不帅气，脸上长着些红疙瘩，单是个子高些，梳了个时髦的泡泡头。好多人听到消息都愣了一下，怎么是他呀？安玛也有点失望。余长江是上海人，支边来的乌城，在医药公司办公室做账。经常穿瘦腿裤，宽大的夹克衫，很有大城市人的做派。安玛不喜欢他，表情阴郁，像电影里的坏人。

后来，又传出小艾肚子大了的消息。金牡丹知道了，下课时叫几个女生神秘地讲起小艾的事："两个人睡觉啊，被人家发现了。那个男的还不肯承认，只说是谈恋爱。大白天关起门来做什么，还不是那个事！真是不要脸！"

在乌城，大家没有隐私。女人没有结婚就大了肚子，被认为是丢人现眼的事。如果是本地人，那麻烦就大了，女方家一定会去闹，找男方的麻烦。小艾和余长江都是外地人，大家说起他们来就更肆无忌惮了。

安玛上学，听见大十字路口卖猪儿粑的女人扯着嗓子说："这些外地人呀，真是教坏乡亲，败坏风气！"

卖抄手的红鼻子女人也说："放在解放前，应该拿去沉潭。"

安玛五分钱买了个猪儿粑，咬一口问道："伯娘，什么叫沉潭？"

红鼻子女人没看安玛一眼，恶狠狠地说："小屁娃娃。"

安玛缩缩肩，感觉一股冷风扑面吹来。乌城人对奸夫淫妇，好像有天然的仇恨，红鼻子女人的脸上就充满了恨意。安玛不理解，小艾怎么就得罪了全乌城人？

奇怪的是，他们领结婚证的事竟然遥遥无期。听妈妈说，小艾还不到法定结婚年龄，民政局不给办。可是，小艾的肚子吹了气似的一天天在膨胀，现在她完全是个孕妇的模样了，脸上长了雀斑，走路时用一只手扶着腰，不堪重负的样子。

星期天，安玛背弟弟去吃奶，看见小艾坐在柜台里，没有人找她抓药。小艾用锉子把十个指甲仔细地锉了一遍又一遍。医药公司的人说，余长江不见了，听说他请病假回上海躲风头去了。一个大男人，关键时刻却跑路了。

余长江在小艾的儿子生下地十多天后才从上海回来，依旧顶着个泡泡头，缩着脖子到街上去买菜。人家问他："生儿子了？"他点头，一点不好意思的样子都没有。

人们指着他的背影说，等着开除吧！未婚先孕要开除工作，这是铁定的规矩。可是，等了好久，也没有等到小艾和余长江被开除的消息。一打听才知道，余长江是"支边"青年，特殊情况特殊对待。单位给他们开了证明，让俩人抱着儿子去补领了结婚证。周围的人先是失望，继而是愤怒。还有人说，商业局的张小华也是没结婚就生娃娃，现在娃娃都三岁了，张小华还被开除回家种地去。

安玛听妈妈说，余长江和小艾也不是一点没事，都是背了处分的，"那个小艾呀，真是有点傻。"安玛想知道小艾为什么傻，妈妈却不肯再说下去，只是点着她的额角说了一番莫名其妙的话："女娃娃找对象，是要听老人言的。"

小艾结婚后的生活并没有沿着幸福的轨道进行下去。孩子刚三个月，余长江就开始打她，只为了一点点小事。小艾上班都要戴个大口罩遮掩伤痕。隔壁邻居说，不过是小艾多夹了块豆腐，余长江就骂上了，说她光知道吃，不会节俭，紧跟着筷子就打到了脸上。打了第一回，就收不住了。

偏生小艾是爱面子的女人，在家里挨了打，到外面不敢说，装作没事的样子，把泪水悄悄咽下去。可是，平房的隔音效果很差，她家屋里一有响动，邻居们就伸长脖子看热闹。慢慢地，小艾挨打在单位就不再是什么秘密。安玛的妈妈好几次被人叫去劝架，回家直叹气。

大家背地里说小艾，嫁个上海人，以为有多好呢，现在后悔了吧。有的人则恨铁不成钢地骂，换了我们乌城的女人，他余长江敢打？早喊娘家兄弟来把他打了！

可惜小艾不是乌城女人。乌城女人可不是普通的女人，她们性格刚烈，是山，是树，是自己的天和地。

阿莉学戏回来了。宣传队要上演新节目，其中就有阿莉新学回来的《杜鹃山》。可是演出名单中却没有阿莉的名字，还是庄平仙演主角柯湘。安玛去宣传队看阿莉，她正躺在床上生气，侧过脸愤愤地说："太欺负人了，学回来了不准我上场，什么都是她一个人霸着！"

安玛安慰她："阿莉，你比她小，总是会有机会的。"

阿莉说："你不懂，出名就是要早，过了这个村就没这个店了。庄平仙出名的时候还没有我大呢！"

安玛不知道说什么好了。阿莉的世界比自己的精彩得多，可她为什么总是不满意。俩人说着话，赵小平来了。他长了一张圆脸，眼睛很大很亮，在《智取威虎山》里演李勇奇。安玛最喜欢他唱"羞愧难言"那句时的表情，很有魅力。现在他真实地坐在安玛面前，脸上没有抹油彩。安玛不敢跟他对视，低头看着阿莉的鞋子。那是一双黑平绒的方口布鞋，阿莉在昆明买的。

阿莉起身坐着，指着安玛说："这是我的好朋友。"

赵小平笑了笑，点点头。俩人东拉西扯地说话，都是宣传队内部的事情。安玛搭不上话，单是听着新鲜。

赵小平临走时说："阿莉，你要想演柯湘就得去找一个人。"

阿莉急了:“谁?”

赵小平说:“团县委的马副书记呀，只有他能帮你。听说他还要被提拔。”阿莉咬着嘴唇只是点头。

赵小平一走，安玛就掐阿莉的手:“李勇奇是不是跟你谈恋爱了?快告诉我!”

阿莉似笑非笑:“谈什么呀，他喜欢我是真的。我还小呢，不谈恋爱。咦，你怎么连谈恋爱的话都敢说，你是不是谈恋爱了?说!”俩人拉扯在一起，嘻嘻哈哈地闹了半天。这个时候，安玛从阿莉身上找回了些过去的影子。

宣传队在人民会场演《杜鹃山》了，阿莉演的柯湘。她竟然把长发都剪了，皮带往腰上一扎，英姿勃勃的，让乌城人民眼前一亮。阿莉嗓子亮，唱得一点不比庄平仙差。阿莉一炮而红，乌城人都记住了这个新形象。

演出后的一天，金牡丹在走廊上对几个女生神秘地说:“那个阿莉跟马书记睡觉了，不然怎么会轮得到她演柯湘?庄平仙气得快跳楼了!”金牡丹叫安玛过来，“阿莉不是你的好朋友吗?她是不是跟马书记睡过觉呀?”

安玛说:“我不知道。”

金牡丹不信:“你们俩不是经常一起玩嘛，你会不知道?”

安玛懒得理她:“不知道就是不知道。”

金牡丹悻悻地说:“你还包庇她!”

过了几天，金牡丹又在走廊上发布消息:“那个阿莉呀，被白蓉蓉打了。人家白蓉蓉跟马书记都要结婚了，她中间插一脚，听说脸都被撕破了。这回看她怎么演柯湘！”安玛心里一沉。金牡丹的消息一向都很灵通，阿莉会不会真被打伤了？

一放学，安玛想独自跑掉。金牡丹拽住她：“你要去宣传队看阿莉，我跟你去！”安玛摆不脱，只好随她跟着。安玛担心阿莉被人打得躺在床上起不来，到了宣传队却看见阿莉正在大厅练功呢。阿莉扎着宽宽的练功带，满脸都是汗水。

阿莉回头看见她俩，说：“你们消息好灵通啊。”

金牡丹忙笑着说：“你说什么呢，安玛想你了。你练功，我们就不打扰你了。”

阿莉追到门边大声说：“金牡丹，你看清了，我好好的，毛都没少一根。敢欺负我的人还没生下来！”

快出宣传队的门时，金牡丹扯扯安玛：“不能白来，我们去看看白蓉蓉在不在。”

白蓉蓉倚在被子上照镜子，看见金牡丹招手说：“你快来，看看我的脸，有没有疤呀？”她的脸抹了厚厚一层粉，但还能看出几道指甲抓过的印痕。金牡丹装作不知道地问：“蓉蓉姐，你的脸……这……这是怎么了？”

白蓉蓉说：“怎么了？狐狸精抓的呗！最近我们大院里闹鬼呢，你不知道？”金牡丹装傻，使劲摇头。

“也萨招来的那个小妖精，以为自己进了城就变成凤凰了？我迟早拔了她的毛，把她变成秃尾巴鸡。你们等着瞧好了！”金牡丹笑起来，像风中的柳枝一般颤个不停。安玛没有笑，她想，阿莉怎么会这么厉害呢？

一个多月后，阿莉突然来到安玛家里，找安玛的妈妈。阿莉把妈妈拉到里间关起门来，嘀嘀咕咕说了半天。阿莉走后，妈妈的脸色不太好，但她什么也不说。安玛生气，阿莉竟然和妈妈之间有了秘密！妈妈只是淡淡地说，阿莉病了，明天陪她去县医院看病。安玛更生气了，自己扁桃体发炎，妈妈都没时间陪着，现在妈妈竟然有时间陪阿莉去医院看病。

安玛晚饭都没吃，躺在床上生闷气。她听见爸爸怪妈妈："多管闲事，那种事也去管？"妈妈叹着气："从小看着她长大的，她妈妈又不在城里。"第二天妈妈果然请了假，带阿莉上医院了，回来什么也不说。

有一天，安玛单独跟妈妈在一起的时候，突然脱口而出："妈，我知道阿莉得的什么病，也知道为什么要找你带她去看病。"

妈妈惊讶地抬头看她："你知道什么！别乱猜，跟你没关系。"

安玛说："阿莉是不是怀娃娃了，去医院打胎。"

妈妈惊得从椅子上跳起来："这姑娘疯了？谁告诉你的？"

安玛翻翻眼睛不说话。妈妈急得直搓手："你怎么乱说呢，这种事不可以乱说的。她以后还要做人呢！"妈妈的话，间接承认了安玛的猜测。她想了半天问："那以后，阿莉就是真正的女人了？"

妈妈啪地在安玛背上打了一巴掌："鬼姑娘，不许说了！"

蝴　蝶

乌城的天多数时候是灰蒙蒙的，重重山峦阻隔着外面的世界。安玛十四岁了，最远只到过老家的那个县，连昆明是什么样子都不知道。电影却可以把她带入一个精彩的世界，那是乌城以外的广阔天地。

初中毕业之前，上映了一部叫《春苗》的新电影，讲赤脚医生春苗为贫下中农服务的故事。演员李秀明照亮了观众的眼睛，还有饰演方明的叫达式常的男演员，含情脉脉的眼神，一下就击中了很多人的心灵。那些日子，班上谁说达式常好看，其他人就会追着问："你是不是喜欢他，想嫁给他呢？"

安玛觉得达式常的笑容虽然迷人，但面容单薄了些，她喜欢《奇袭白虎团》里的严伟才，那个叫宋玉庆的演员多英俊啊！而且功夫好，一举一动都透着潇洒。但这些话安玛是不敢说出来的，只是放在心里。

安玛省了早点钱，买了一本《奇袭白虎团》的连环画，装在书包里天天看，书都卷了边。金牡丹似乎发现了什么，追着安玛问："你怎么天天看《奇袭白虎团》，是不是喜欢上老严了？"

安玛赶紧打岔："你才喜欢他呢。我是怕放在家里被我弟撕坏了。"

金牡丹似信非信地点点头。安玛学着把内心真实的想法隐藏起来，夜晚来临时，独自沉迷于一个奇妙的天地。梦境里银幕上的人都下来了，方明、严伟才、春苗、柯湘、花妮，他们都鲜活地站在安玛面前，明媚地微笑着。

那些日子，安玛疯狂地看电影。《春苗》她一连看了十遍,《奇袭白虎团》一连看了七八遍，看到每一句台词都烂熟于心，每一个动作都一目了然。做演员多幸福！安玛的目光中有东西在闪烁。

夜晚，安玛关在蚊帐里睡不着，突然冒出一个想法来，把自己都吓了一跳。而这个想法一旦明确，就顽固地在心里生了根。一个平时连话都不多说一句，一开口就会脸红的女生，竟然生出做演员的念头来？一中人知道了不笑掉大牙才怪!

可当夜晚再一次降临时，安玛躲在蚊帐里，一笔一画地写下：

长春电影制片厂的叔叔阿姨们：你们好！

我是安玛……

长春，那是多么遥远的地方啊！可是那里却有着一家拍摄电影的工厂。因此“长春”这两个字，对安玛来说也有了特殊的意义。寄出信的那天，安玛第一次梦到长春——她相信这就是长春。一个大得无边无际的城市，像《列宁在十月》里的莫斯科，高大的建筑全都是拱形的。安玛感觉自己变成了一只蝴蝶，在翩翩起舞。

有期盼的日子真好。日子在等待中悄然滑过，安玛的心事像涟漪，一圈圈荡漾开去。

星期天的清晨，安玛在后院洗衣服，突然一股热流顺着腿流了下来。她蒙了，怔怔地夹着双腿不敢动弹。安玛听见自己的身体发出咔咔的响声。安玛变了，开始变得端庄，不再轻易疯跑疯跳。

上体育课时，老师照例叫一声："不能跑的女生留下。"

安玛犹豫着，最后还是留在了原地。金牡丹不想跑步，故意留下，她惊讶地拉住安玛叫起来："你也来那个了？"安玛的脸红了，瞪她一眼："叫什么呀，让男生听见。"

金牡丹笑了："听见怕什么，不就是来三号嘛。他们又不懂。要不要我带你去买那种带子？百货公司有卖的，一角五一个。可好用了。"

安玛说："不用。我自己做了。"

金牡丹惊奇地说："你连这个都会做？你早就准备好了，是不是？"安玛有些得意地点头。

信就是下了体育课收到的。收发室的申老师亲自送到班上来，老远就高声叫着："你们班哪个叫安玛？有她的信。"

那封信薄薄的，地址却鲜明地印着：长春电影制片厂。安玛的心提到了嗓子眼，一把就把信塞进口袋里。金牡丹没有看清楚，追着安玛问："谁写给你的信，让我看看嘛。太不够朋友了！"

申老师边走边说："真看不出来啊，电影制片厂还给一个小女生写信！"

金牡丹炸了窝似的扑过来说："什么，什么，电影制片厂写给你的信？安玛，给我看一眼好不好？就一眼。"好几个女生都围了过来，争着要看。安玛被她们围在中间，脸红红地捂住口袋："有什么好看，不就一封信嘛！"

大家央求她："看看嘛，电影制片厂的信呀！"

那封信终于还是到了金牡丹的手里，她把信对着太阳照了又照，羡慕地说："真的是长春电影制片厂写来的信啊！天哪，安玛，电影制片厂怎么会给你写信呢？"

安玛结结巴巴地说："亲戚写的，我家亲戚在那工作。"信在女生们手上传递着。赵楠楠也把信接过去认真地看了看，撇撇嘴没说什么。那信回到安玛手上时，已经印上了好多人的手印。金牡丹怂恿她："快打开看看嘛，安玛，上面写的什么？"安玛坚决不答应。她把信装进口袋，快步走去。

安玛独自躲在厕所里撕开信，双手颤抖着。那封信安玛看了三遍，然后便把纸撕了扔进厕所。信封安玛没有舍得扔，上面长春电影制片厂那几个字让她犹豫了。

回到教室，金牡丹跑过来亲昵地搂着安玛的肩："你跑哪去了？我到处找你。我以前怎么没有听你说过，你家有亲戚在长春电影制片厂呀？"

"我家的事为什么都要告诉你？"

"哎呀，我们是好朋友嘛。我家的事我都告诉你的。"

"你弟弟金强是你家捡来养的，这你就没有告诉过我。"

金牡丹的脸色一下子大变，气恼地说：“谁告诉你的？谁造的谣？”

“反正有人说，你就说到底是不是真的吧？”

“胡说八道！金强就是我妈亲生的！谁说的，我撕烂他的嘴！”

安玛无意中说出的秘密，真正惹恼了金牡丹。这天放学，金牡丹不跟她一起走了。第二天上学时，安玛发现，一夜之间自己竟然成了一中的名人。

流言像长了翅膀，以惊人的速度传播。那封信的内容经过金牡丹的加工，变得无比复杂，竟然有了好几个版本。

有人说，安玛给演严伟才的演员写信，说喜欢他，要嫁给他。还有人说，安玛给达式常写信，也说要嫁给他，达式常同志回信说，我有幸福的家庭。也有人说，安玛给长春电影乐团的指挥写信，说要给他做女儿，人家回信说我有女儿……

还蒙在鼓里的安玛什么都不明白，但学校里有人找着各种借口，窥视那个收到电影厂的信的女生，看完了，有些遗憾地说：“咦，也不怎么漂亮嘛！”

“还是个黄毛丫头呢！”

“她真的收到电影厂的信了？”

申老师不厌其烦地对人说：“绝对是真的！我亲手交给她的，上面印着呢，我们学校还从来没有人收到过电影制片厂的信呢！”

做课间操的时候，别人远远地指着安玛：“就是那个女生，给达式常写信的。”或者干脆借故跑过来，近距离地看她一眼："哦，是她呀！"面对这些看向她的目光，安玛只有低下头。

现在，上学放学她都孤零零地一个人走。

成大雁够朋友，有一天竟然跑到家里来叫安玛一起上学。安玛试着跟成大雁解释："大雁，那封信真的不像他们说的那样。是我一个表姐写的。"

成大雁说："哦！真的吗？你有一个表姐在拍电影？"

为了让成大雁相信自己的话，安玛花了一个晚上，为自己编造了一个在长春电影制片厂工作的表姐。以表姐的口气给自己写了封信。为了不让成大雁看出是自己的笔迹，她一笔一画写了整整一晚上。

第二天，她把信放进电影厂的空信封里，郑重地拿给成大雁看："真是我表姐写给我的，不信你看。"

成大雁接过信，认真地看了一遍，说："哦，我知道了。"可是成大雁的表情让安玛觉得她根本没有相信。安玛沮丧极了。

阿莉知道了这件事，跑到安玛家里，小声地问："安玛，我们宣传队的人都听说了你写信的事，是金牡丹传的消息，是真的吗？"

安玛说："我写信了。但不是她说的那种信。"

阿莉听不明白："哪种信？"

"就是她说的要嫁给人家的那种信。"

"那你写的是什么信？"

"我只是写信说想当演员。我没写别的。真没写。"

阿莉点点头："想当演员有什么错？我就知道金牡

丹不是个好东西。她那种人，真是靠不住呀！”这一刻，阿莉像个姐姐。

阿莉告诉安玛，宣传队又要招人了，让她去报名。安玛拒绝了。下个学期，她就要上高中了。

等待进入高中的假期，安玛不再和金牡丹来往。

安玛找到一个自在的空间——县文化馆。那里有好多小说，只要带上户口本，就可以借一本小说。和电影相比，小说也是个很大的天地。人间的故事在书里上演着。安玛感受到一种崭新的快乐。

管图书的是个四十多岁的上海女人，姓钱，听说是支边来的乌城。她留齐耳短发，颧骨有点高，背弯着，讲一口和乌城方言截然不同的吴侬软语。每次安玛去还书，她都惊讶地说：“哦哟，小姑娘又来了？侬看书蛮快的嘛，两天就看了一本？”安玛不说话，只是羞涩地笑笑。

安玛看完了《艳阳天》、《牛田洋》、《三探红鱼洞》、《征途》和《边疆晓歌》，整个夏天安玛都在小说的世界里穿行，越来越安静。爸爸不止一次说：“你这姑娘，怎么问你三句只肯回一句？成天闷声不吭的，到底要干什么！你看看人家阿莉，有说有笑的，多活泼可爱。”

“阿莉什么都比我好，让她做你姑娘好了。”安玛一句话就把爸爸气得脸都白了，指着她“鬼姑娘，死姑娘”地骂。

终于有一天，安玛只顾着看书，把弟弟的裤子烤坏了。父亲恼了，把安玛的书抢过来，一把塞进火炉里，愤愤地说：“我让你看，我让你看！这书里有工资拿还是有吃的穿的？正事都被耽误了！”小说在火炉里燃起熊熊火焰，闪动着绿色的光。那些人物和故事，也在火里一点点幻灭了。

一本小说少说也要一块钱，文化馆规定，丢了书是要按定价的三到四倍来赔偿的。安玛拿什么钱来赔？如果赔不了，户口本又怎么取得回来呢？安玛觉得自己的末日到了。炉子里的火苗一点点暗淡下去。乌城又下雨了。

安玛从家里跑了出来，被雨湿透。她头回发现，乌城的天真低，低得让人喘不过气。乌城的街真窄，人像被装在袋子里。

逃跑的愿望从心底猛然升起。她撒开腿在雨雾中奔跑起来，安玛感觉自己变成了一朵云，乌城被她远远地抛在身后。

尾声：乌峰

十四岁生日到来时，安玛决定攀登乌峰。她和成大雁约好了，初中毕业之前一定要登一次乌峰。

乌峰高耸入云，山路崎岖，爬山的过程极其艰辛。她们在灌木林中穿行，天空变得斑驳而怪异，有小鸟鸣叫着从头上飞过。有那么一刻，安玛差点放弃这次登山。好在两个女孩子都不娇气，都是吃苦耐劳惯了的。

她们用了很长的时间，才爬到乌峰的半山腰。成大雁揪住一蓬灌木丛，气喘吁吁地直不起腰来。安玛发现成大雁那边的灌木丛上竟结满了一颗颗红玛瑙般的浆果，袖珍又美丽。这是一种可以吃的野果，摘一把放进嘴里，酸酸甜甜。

成大雁说，这果子叫救军粮。听她爷爷讲，当年诸葛亮带兵过乌城，没有饭吃的时候，这小果子可以救命。安玛很惊奇："诸葛亮到过我们乌城？""谁知道呢，反正我爷爷是这么讲的。"

一人摘了一大把，她们坐在山石上，边吃边看风景。安玛看着山下的乌城，想着自己的心事。初中毕业，是人生的一道坎，她要为自己做一个大胆的决定。

成大雁突然问："安玛，你说十年以后，二十年以后，我们还会在乌城生活吗？"

安玛愣了一下，十分肯定地说："我不会。"

浆果在成大雁的嘴角染了些红色:“真的吗?你要去哪里?”

“我想回老家上高中。”

老家的城市离乌城好几百里,那里比乌城大许多。母亲在她的再三请求下,托老家的亲戚帮她转学到地区一中上高中。安玛第一个把消息告诉成大雁。

成大雁没去过那座城,沉默良久才说:“那你以后还回乌城吗?”

安玛想了想:“也许回,也许不回。”此时的安玛并不知道,这次和成大雁分别之后,直到两人头发花白,她们才再次相见。

山腰处,一只风筝在飘摇。安玛感觉自己的灵魂随着风筝飞向了辽阔的天空。她心里有一股酸涩,还有一股冲动。她站起身:“大雁,我们来喊山好不好?”于是两人对着天空,对着乌城,大声喊起来。

鸟被惊飞了,一山的灌木丛也发出震颤。

“我们登上乌峰了——”

“我要离开乌城了——”

“我要做一只风筝,飞起来——”

“我要做一朵白云,飞起来——”

少女的灵魂开始自由地舞蹈。

2025年3月修订于昆明

图书在版编目(CIP)数据

安玛 / 黄玲著. -- 北京 : 北京十月文艺出版社，
2025. 9. -- ISBN 978-7-5302-2488-5

Ⅰ. I247.5

中国国家版本馆CIP数据核字第2025VE8283号

安玛
ANMA
黄玲 著

出　　版 北 京 出 版 集 团
　　　　 北京十月文艺出版社
地　　址 北京北三环中路 6 号
邮　　编 100120
网　　址 www.bph.com.cn
发　　行 新经典发行有限公司
　　　　 电话 010-68423599
经　　销 新华书店
印　　刷 北京盛通印刷股份有限公司
版　　次 2025 年 9 月第 1 版
印　　次 2025 年 9 月第 1 次印刷
开　　本 850 毫米 ×1168 毫米 1/32
印　　张 7.75
字　　数 155 千字
书　　号 ISBN 978-7-5302-2488-5
定　　价 48.00 元
如有印装质量问题，由本社负责调换
质量监督电话 010-58572393